集英社オレンジ文庫

異人館画廊

星灯る夜をきみに捧ぐ

谷　瑞恵

JN019568

本書は書き下ろしです。

CONTENTS

1 聖母子 —— 7
2 アウトサイダー・アーティスト —— 51
3 マグダラのマリア —— 89
4 天使のささやき —— 135
5 罪と慈愛 —— 179
6 降誕の夜 —— 227

【登場人物紹介】

此花千景《このはなちかげ》

英国で図像学を学び、祖父の死を機に日本に帰国した十八歳の少女。
両親に捨てられたことがトラウマとなっている。

西之宮透磨《にしのみやとうま》

西之宮画廊の若き経営者で、千景の七つ上の幼なじみ。千景の祖父に「生涯千景のそばにいてやってほしい」と頼まれていた。

此花鈴子《このはなすずこ》

千景の祖母。亡き夫・統治郎《とうじろう》の絵を展示した異人館画廊を営む。

江東瑠衣《えとうるい》

異人館画廊のアルバイトで小劇団の女優。年齢不詳。千景の良き話し相手。

槌島　彰《つちじまあきら》

透磨の友人。巷で話題の占い師だが、霊感はない。派手好き。

カゲロウ

美術品のバイヤーで透磨たちの仲間だが、オンラインのやりとりのみで、千景と透磨しかその正体を知らない。

阿刀京一《あとうきょういち》

千景のまたいとこの警察官。美しく成長した千景が気になっている。同級生の透磨とは犬猿の仲。

イラスト／詩縞つぐこ

異人館画廊

星灯る夜をきみに捧ぐ

1

聖母子

星が瞬《またた》き始めた空の下、寒い外から帰ってくると、異人館画廊《がろう》には、あたたかい光が灯《とも》っている。ガラス戸を開けたとたん、千景《ちかげ》の目に飛び込んでくるのは、色とりどりの飾りをまとったクリスマスツリーだ。

千景にとって、日本に帰国してはじめてのクリスマスが訪れようとしている。少し不思議な気持ちで、千景はツリーのある家の中に足を踏み入れる。

子供のころにも、クリスマスになると洋館のサロンには同じツリーが飾られた。そのときの記憶が、自然によみがえる。あのころはクリスマスが苦手で、大きなツリーはむしろ怖かった。けれど今は、まったく違う風景に見える。

異人館画廊のあたたかい室内には、千景を笑顔で迎えてくれる人がいる。親しい人たちがいつものように集まっているだけで、あのころとは違うのだとわかる。

「おかえり」の声に、千景は自然と笑顔になる。

「ただいま」

お菓子と紅茶の香りが漂う中、千景はマフラーを取ってコートを脱ぐ。

「千景ちゃん、ちょうどよかった。あたしがブレンドした紅茶、味見してよ」

はねるように瑠衣《るい》が駆け寄ってくる。今日はバレリーナみたいな衣装だからか、動作も踊っているように感じられる。

「どんなブレンドなの？　ハーブ系？」

「スパイス系。ホットになるよ。千景ちゃんがオッケーなら、メニューに加えてもいいって、鈴子《すずこ》さんが」

「じゃあ、いただくわ」

千景の祖母、此花《このはな》鈴子が経営する『異人館画廊・Cube』は、此花邸である洋館の一角を、画廊兼ティーサロンにしたものだ。鈴子と、アルバイトの江東《えとう》瑠衣で切り盛りしている。

「千景ちゃん、今日はどこ行ってたんだ？」

そう言ったのは、窓際の席にいる槌島彰《つちじまあきら》だ。長身と派手な服装で目立つ上に、彫りが深いというか濃いというか、顔立ちもくっきりしている彼は、エスプレッソしか飲まなさそうだが、実は紅茶派だ。ティーカップの持ち方もさまになっている。

「チャリティー絵画展の打ち合わせに」

「へえ、そんなのあるんだ？」

「いつもはわたしがやってるんだけど、今年は手伝ってもらってるのよ」

鈴子が焼きたてのスコーンを運んできて言った。

「チャリティーか、クリスマスですもんね。うちの劇団も近々、チャリティー公演をやる予定だし」

「で、瑠衣さんはバレエでも踊るわけ？」

「あ、わかった？　これは『くるみ割り人形』の衣装をイメージしてるの。バレエじゃなくてミュージカルだけど、衣装はバレエふう。『金平糖《こんぺいとう》の踊り』だよ」

くるりと回ってみせると、膝《ひざ》丈のチュチュがふわりと広がる。髪にはパステルカラーの小さなリボンがいくつもくっついている。

「彰くんもチケット買ってね。あたしが主演でクララをやるの」

「え、クララって少女だよな……」

つい彰が口を滑らせると、瑠衣は笑顔で首を切るような仕草をする。

「役者は何歳にでもなれるの。それより、彰くんの出し物はライオンキング？　黒豹《くろひょう》っていたっけ？」

彰の黒いジャケットは、光沢があって、光の加減で柄が浮き出る。

「これはヒョウじゃなくて、チーターだ」

「黒いチーターって、いるのかしら？」

鈴子が首を傾《かし》げる。

「この模様がヒョウじゃなくてチーターなんですよ。服屋に突っ込みたいですね」

千景には、ヒョウとチーターの模様がどう違うのかよくわからない。

「チーターなら、やっぱりライオンキングだね！」

瑠衣はうれしそうに手をたたいた。

「ここは芝居小屋じゃないんですから」

不愉快そうに口をはさんだのは、カウンター席の西之宮透磨《にしのみやとうま》だ。チャコールグレーのスーツに濃いグリーンのネクタイと、ひとり落ち着いた雰囲気で、ヴィクトリアンスタイルのティーサロンに嫌味なくらい溶け込んでいる。そうしていつも、彼は少しばかり上から目線だ。

「そうだよ。このジャケットは私服だ。芝居の衣装じゃない」

「ステキね。私服で着られる人は彰くんしかいないわ。オーダーメイド？」

鈴子には含みなどまったくなく、純粋にほめ言葉なのは彰もよくわかっている。

「ふつうに売ってるんですよ、鈴子さん。レディースもありますよ」

「あら、わたしにも着られるかしら？。水玉模様に似てるって思えば」

ちょっと乗り気になっているのも、社交辞令ではなく本気だ。

「やめてよ、おばあさん。それは水玉模様じゃないから」

「そう？　若いころはサイケデリックが流行《はや》ってて、よく着てたのよ」

「そういえば、統治郎《とうじろう》先生が言ってました。鈴子さんは根っからアバンギャルドだって」

透磨が言うと、みんなどこか納得したような顔をしていたが、千景にとっては、いつでもやさしくて穏やかで、小花柄のワンピースが似合うお菓子づくりの得意な祖母だ。

「それにしても千景さん、チャリティーの手伝いをする気になるなんて、意外ですね。どういう風の吹き回しですか？」

透磨は、通常どおり千景をムッとさせる。

「意外って、わたしに慈善が似合わないっていうの？」

「絵画展の内容が、あなたの専門分野とえらく違うので、意外に思っただけです。たしかに、慈善事業は似合いませんけどね」

それにいつも、ひと言多い。

「いろんな絵に接してみるのも、必要なことでしょ」

千景は胸を張るが、透磨はまだ納得できなさそうに眉をひそめていた。

「博士論文を、ヘイワード教授に勧められてるのよね？」

鈴子が言う。そのことは、まだ鈴子にしか話していなかった。

十八歳の千景は、子供のころに祖父母とともにイギリスへ渡り、スキップで大学に入学して、西洋美術を学んだ。専門は図像《ずぞう》学だが、そのときの師がヘイワード教授だ。千景を、図像術という特殊な研究分野へ導いた張本人でもあって、日本に帰国した今も、ときどき調査を依頼されたりする。教授は、千景が美術から離れるべきではないと考えている。

千景自身も、それしか自分にできることはないだろうと思うけれど、どういう形でこれからも美術とかかわっていくのか、まだよくわからない。

「論文って、やっぱりテーマは図像術なの？」

「たぶんそうね、瑠衣さん。そればっかり勉強してきたもの」

呪われた絵画、見た者を不幸にすると信じられてきた絵画には、特殊な図像が使われている。ありふれた生物や人物を描いていても、まったく別のテーマや意味を象徴的に示しているのは絵画にはよくあることだが、中には人の潜在意識に働きかけ、心を操るものがあると、昔からまことしやかに伝えられてきた。絵が毒薬のように、精神をかき回して壊し、人を苦しめる。不安や恐怖をすり込み、最悪の場合命を奪うこともあったという。

その技術である図像術は、中世のヨーロッパで発達したが、時代が進むとともに忘れられ、噂《うわさ》や迷信としてのみ伝わってきた。しかし今も、そのような絵を所有している美術館やコレクターがいて、見るなという禁忌《きんき》は厳重に守られている。近代になり、きちんと調査しようという動きも出てきて、最近は、心理学や脳科学を用いた研究も積み重ねられている。

図像術の絵を描く技術は失われたが、絵が現存するからには、誰かが見てしまう危険はある。だからこそ研究も必要なのだが、現状、正規の研究者はごくわずかで、千景はそのひとりだ。悪用を防ぐため、図像術の所在も所有者もおおっぴらにはできないし、正規の研究者しか近づけないようになっているのだが、隠すことが多すぎて、そして研究途上ということもあって、図像術の存在は、世間ではまだまだ伝説や迷信の域だ。

しかし、現存する図像術の絵が少ないだけに、研究の幅も狭《せば》まる。世の中には画家の数だけ表現の方法があり、絵画に込められるものも様々だ。図像だけが、人の心を動かすわけではない。

千景は、研究者としてまだ若く、経験も乏《とぼ》しい。鈴子の勧めもあって、もっと見識を広げられればと、彼女が毎年かかわっている財団の、チャリティー絵画展を手伝うことになったのだ。

「いろんな絵、ですか。今年のチャリティーは、アウトサイダー・アートでしたね。なるほど、ずいぶんかけ離れたジャンルに目をつけたものですね」

目をつけたというより、たまたま今年の絵画展で扱うのが、アウトサイダー・アートだっただけだ。

アウトサイダー、つまり、美術の正規教育を受けていない人が描いた絵のことで、何かしら内面から湧き上がるものを表現していることが多い。技巧などないままに、画面にぶつけられるエネルギーが人を惹《ひ》きつける、そういう種類の絵だ。

幻視者と表現されることもある描き手は、心のままに画布を埋める。はじめて絵を描く子供のように、自由に、気分の赴《おもむ》くままに。

個人の心象風景だけでなく、プリミティブな民族美術も、アウトサイダー・アートには含まれる。ピカソがアフリカの彫刻に高い芸術性を感じ、インスピレーションを得たのは有名な話だ。

「そうね、かけ離れたジャンルだけど、気になるわね。純粋に心の奥にあるものを描くとしたら、そこに現れるイメージがどんなものか、図像術に使われるような、人の根源的なイメージとは違うのかどうかって」

幼いころから千景は、特殊な感覚を持っていた。見えるものすべてに、様々な意味を感じてしまう奇妙な能力は、千景を戸惑わせてきたし、誰にもわかってもらえずに、傷ついてきた。その能力は、本来誰もが知っているはずの、潜在意識と結びついているらしく、今では忘れ去られた図像術を解読するのに役立っているが、一方で父母に忌《い》み嫌われ、子供のころの記憶をなくすことにもなったのだ。それでも祖父母が理解してくれたおかげで、図像学を学ぶことができた。

「そういうのって、素人《しろうと》の絵とはまた違うのか？　もし俺が描いたら、アウトサイダー・アート？」

　彰は首を傾げる。

「そうね。彰さんの感性なら、芸術的にもおもしろいものが描けそう」

「じゃあ、千景ちゃんは美術を学んでるから、アウトサイダー・アートは描けないのか」

「千景さんの絵は、とても美術教育を受けているとは思えないものですけどね」

　余計なことを言う透磨を、千景は横目でにらむが、以前ほど腹は立たなかった。千景は自分で、絵を描かないことを選んだのだ。だから、いくらか記憶が戻っても、まともな絵が描けるようにはならない。透磨は千景の意志を信頼しているからそう言う。絵が下手なままの千景を認めてくれている。

「ええ、ドローイングの授業では目立つほどだったわ」

「よく単位がもらえましたね」

「素描《そびょう》の歴史的意義のレポートで許してもらえたの」

　透磨はあきれ顔だったけれど、怒るのではなく切り返した千景を、たぶんおもしろがっていた。

　彼は七歳年上だが、千景の幼なじみだ。昔から、今とそう変わらない性格だったが、祖父母とともに千景にとっての理解者だった。なのに彼のことは、記憶を失うとともに、単なる知り合いとしか認識できなくなっていたのだ。

いろんなことを思い出したのはつい最近だ。思い出したからといって、彼への印象がそれほど変わることがなかったのは、心の奥深いところでは、忘れてなんかいなかったからだろう。

愛想が悪くて冷淡にものを言う、苦手な人だと思いながら、そんなところも慕っていた千景は、昔も今も、彼のことをよく知っていて、いつでも近くにいようとした。

透磨は、子供らしくない千景を、幼い子供ではなくひとりの人間として見て、対等に接してくれていた。甘やかしもせず、思ったことをキッパリ言うし、千景の機嫌を取ろうともしなかったから、ムカつくときもあったけれど、ずっと信頼している。

だから千景は、二度と左手で絵を描くことはない。

「あら、もう画廊を閉める時間だわ。千景ちゃん、〝Open〟のプレートをはずして、カーテンを閉めてくれる?」

「はあい」

「じゃ、あたし、門のところのボードをしまっておきますね」

瑠衣が奥のドアから出ていくのを見送って、千景がカーテンを閉めようとすると、突然ガラス戸が勢いよく開き、飛び込んできた人とぶつかりそうになった。

あわてて後ずさったが、後ろに倒れそうになる。差し出された腕にかろうじてつかまる。

「阿刀《あとう》、あぶないじゃないか」

耳元で透磨の声がする。彼にしがみついたことを自覚すると同時に、戸口に京一《きよういち》が突っ立っているのが見える。

「な、何をしてるんだ西之宮！　千景ちゃんから離れろ！　条例違反だぞ！」

千景は急いで透磨から離れたが、こんな何でもないことに、このごろ妙に戸惑ってしまう。

「何が条例違反だ。きみが千景さんを突き飛ばすところだったんだ。警察官が人に怪我《けが》をさせてどうする」

「そうねえ、京ちゃんはあわてんぼうね。ドアを開けるときは気をつけてね」

鈴子におっとりと注意され、事態を理解したらしい京一は、すまなさそうに頭をかいた。

千景のまたいとこである彼は、鈴子を祖母のように思っているし、しょっちゅう此花家に出入りしている。千景にとっても兄みたいなものだ。彼が千景に違和感を持たないままなのは、祖父母や透磨とはまた違い、千景の人とは違うところに気づかないくらい、おおらかだからだ。

透磨はそれを究極の鈍感だと言い、京一の空気の読めない言動には、眉をひそめることが多い。

「いまだにドアの開け方もわからないのか。中学のとき、合宿所の引き戸を強引に押して破ったし、エレベーターの開けると閉めるのボタンを間違って先生をはさんだし、自動ドアじゃないのに体当たりもしょっちゅうだったけど、直ってないんだな」

そうして、ひときわ辛辣《しんらつ》になる。

京一と透磨は同い年で、中高一貫校で同級生だったというのに、そのころから、いやもっと前から反発し合っている。お互いにどうしても合わないようだが、そうは言いつつも、此花家との縁がある以上、接する機会のあるふたりは、お互いの腐れ縁を、あきらめつつ受け入れているようでもある。

「いやあ、でもさ、そういうことってあるだろ?」

以前は、京一が視界に入るのをいやがっていた透磨も、透磨を見ただけで逃げ出しかねなかった京一も、同じ空間にいられるようになっている。

「ない」

「ええっ?　本当に?　忘れてるだけだよな?」

透磨は無視してカウンター席に戻る。

「京ちゃんは、昔から思い込みが強すぎるものねえ」

「阿刀くん、その思い込みで冤罪《えんざい》を作り出すのだけはやめてくれよ」

彰が言うと、京一はあわてた。

「まさか、恐ろしいこと言わないでください。今も頭を悩ませてるんだから」

「なあに？　捜査で悩んでるの？」

戻ってきた瑠衣が、やさしく問う。彼女の服装が非現実的なのはいつものことだが、その存在がまぼろしではないことを確認するまで、何度もまばたきをするのも、いつもの京一だ。

「じつは、千景ちゃんと西之宮に相談があって」

「透磨とわたしにって、何？」

「おばあさん、奥の部屋を借りていいかな？」

捜査に関することとなると、他の人には聞かせられないからか、京一はそう言った。

「で、絵画の盗難でも？」

三人で応接間に移動し、腰を下ろすのとほとんど同時に、透磨は本題を問う。いかにもさっさと済ませたいという態度だ。が、京一は気にしていない。

「いや、それが……、この前強盗事件があって、犯人が、押し入った家の窓から転落して死亡したんだ。住人の女性は無事だったんだけど、後になってその人が、じつは犯人を殺したって自首してきたんだよ」

絵画はまったく出てこない。強盗の狙いが高価な絵画だったのだろうかと思いながら、千景は続きを待つ。

「でもその人は、警察が来るまで拘束《こうそく》された状態だった。粘着テープで目隠しもされてた」

「それじゃあ、その人はどうやって殺したって主張してるの？」

「絵を見せたって言うんだ。呪われた絵画ってやつを、見るように仕向けたって」

千景は透磨と顔を見合わせた。

「ふうん、で、警察は、殺人事件だと考えてるわけか？」

「そんなわけないじゃないか。呪ったって人は殺せない。もちろん、絵を見ただけで死にたくなるなんてあり得ないし」

丑《うし》の刻《こく》参りだって、実行したからといって罪にはならない。呪った相手がたまたま死んでしまっても、因果関係などないのは常識だし、法的にも責任はない。

「だけど、強盗犯がどうして窓から落ちたのかも、わからないんだ」

京一は深くため息をついた。

呪われた絵、と言い伝えられている古い絵画には、図像術が使われていることがある。見た人の精神に異変が起こり、不幸な結果になることが重なって、誰もが恐れるようになった絵の存在は、様々な文献に記されている。そんな恐ろしい絵だから、悪魔の所業として焼かれてしまい、なかなか現存していない。たまたま、数百年という時間を封印されていたようなものが、ごくわずかに残っているだけだ。

しかし、図像術の存在は、世間一般には知られていない。耳にしたことがあるとしても、宇宙人や超能力くらいの、話半分におもしろがる対象だろう。

実物を見ることができるのは、影響を受けないよう訓練された研究者だけだ。千景自身もそうだが、図像術を識別できたとしても、実際の効果は立証できない。実証実験をするわけにいかないし、たまたま見てしまっても、人によって受ける影響は違い、まったく効かないこともある。ただ、実際に見てみれば、研究者はたいてい、非常に危険だという印象を持つ。世の中に出回ったらとんでもないことになる、と千景自身も感じた、そういう種類の絵に使われているのが図像術だ。

所有者にとっても危険なものだから、知識もなく、簡単に所有することはできないだろう。となると、自供が本当かどうかが、まず問題だ。図像術の絵が人手に渡るとなると、複数の人間が目にすることになる。持ち主が強盗犯に見せるまで、誰も見ていない、誰も死ななかった、などということがあるだろうか。

「強盗犯が、あわてて窓から逃げようとしたとかじゃないの？」

「うーん、あわてて逃げるような理由が見つからない。夜中で、人が訪ねてくることもなさそうだし、被害者も、家には自分と強盗犯のふたりしかいなかったと言ってる」

拘束されたまま、非力な女性が男を突き落とすのは難しそうだし、強盗犯には自《みずか》ら飛び降りる理由がない。そこが不可解だから、呪いの絵の力で転落した、という理屈だろうか。

「たとえ、絵のせいじゃなくて、彼女が強盗を驚かすようなことをしたとか、あるいは決死の覚悟で体当たりしたとしても、正当防衛だろう。罪には問えないじゃないか。どっちにしろ強盗は自分で落ちた。それでいいだろう」

透磨は淡々《たんたん》と言う。身もふたもない。

「でももし、他の要因があったなら、窓に近づいて、落ちるような理由が、あきらかに人の手によるものだったとしたら、どうして、〝呪われた絵〟を見せただなんて言うのか不思議だろう？」

「強盗犯と被害者の接点は？」

「なさそうだ」

だろうな、と言いたげなため息を、透磨はつく。

京一は、というよりも警察は、呪いの効果を知りたいわけではないだろう。事件の裏に何かあるのかどうか、調べなければならないから、〝呪われた絵〟がそれを示唆《しさ》するヒントになっていないかを知りたいのだ。

「ねえ、その女性は、西洋絵画とかかわりのある人なの？」

「いや、経歴を聞いた限りではないと思う。最近趣味で絵を描き始めたとか、それくらいで」

やはり、その人が図像術の絵を持っている可能性は少なそうだ。しかし、人を死に追いやるような絵があることを知っているからこそ、そう言うのだろう。

「何か意見が聞けないかと思って。西之宮が僕の同級生で画廊の経営者だって、上司は知ってるし、それに、千景ちゃんがイギリスで西洋美術の研究をしてたってことも知ってるみたいなんだ」

上司というのは、千景と透磨が、前に会ったことのある刑事だろう。千景の経歴は、少し調べればわかるし、図像術についても、オカルト的な伝説というくらいの情報を得ているのではないか。

「まず、見せたのはどんな絵？　現物はあるの？」

「それが、強盗犯が絵を持ったまま落ちたんじゃないかと言うんだけど、遺体の周囲には見つからなかった。そばに川があるから、流れていったのかもしれないし、誰かが持ち去ったのかもしれない」

カンバスに描かれた油彩で、カンバスは筒状に巻いてあったという。サイズは、彼女が言うには、半切りの画用紙くらいだって」

カンバスなら、二十号くらいか、と千景は換算する。

「その人自身は、絵を見たことがあるのか？　何が描かれていたか、わかってるのか？」

「何度も見てるって。罪を犯した人だけが呪われるんだと言っていた」

「彼女は呪われることがなくて、強盗は呪われたってわけかしら？」

京一は、手帳を開き、メモを確かめる。

「絵は、女が赤子を抱いているんだって。古そうだし、カラヴァッジョの絵かもしれないって言うんだけど、まさか本物じゃないよな」

「カラヴァッジョ？」

千景と透磨は、ほとんど同時に声を上げた。

一六一〇年に没したイタリアの画家、カラヴァッジョは、波乱に富んだ短い生涯《しょうがい》で、西洋美術の歴史に鮮烈な印象を残している。彼がいなければ、後の時代にレンブラントもフェルメールもいなかっただろうと言われるほどだ。

もしその真筆《しんぴつ》が発見されたなら、とんでもない高額になるだろう。近年にも、真筆と判定された絵画が新たに発見され、話題になった。他にも貴重な作品が、どこかに眠っている可能性はなくはない。

などと千景の頭には浮かんだものの、その家は、カラヴァッジョと結びつくところが見つからないくらい、狭い土地に窮屈《きゅうくつ》そうに建っている、ごく一般的な瓦《かわら》屋根の家屋だった。

＊

「駒川稔《こまがわみのり》、三十二歳。市内の清掃会社勤務。自宅はここだね」

翌日千景たちは、京一に案内されて、強盗が入ったという女性の家へやってきた。

「一軒家に一人暮らしなのか?」

古い一軒家が並ぶ中、稔の家も、取り立てて目立つこともなく建っている。転落死というから背の高いマンションを想像していたが、辺りにはせいぜい二階建ての民家ばかりだ。

しかし、段差の激しい土地なので、斜面に階段状の石垣が組まれていて、駒川家は家そのものが高い場所にある。川に沿った下の道からは、石垣の真上に駒川家の二階の窓があるのがわかるが、強盗は、そこから石垣の下まで落ちたらしい。石垣の高さを合わせると、二階の窓でも四、五階ぶんの高さがある。川原はコンクリート敷きで、水の少ない川は細く、建物の間を縫って流れている。

「四年ほど前までは、父親とふたり暮らしだったとか。亡くなってからはひとりで住んでる」

稔自身が人を殺したと主張しているため、現在警察署に留め置かれていて、家の中は無人だ。京一が玄関の鍵を開ける。

狭い玄関からは、廊下がまっすぐに続き、突き当たりに階段が見えた。

警察はもちろん、以前にここへ来て調べている。現場検証のためだ。強盗犯は、稔に目隠しをし、両手首を粘着テープで縛ったうえで、二階の一部屋だけを物色したという。

「見てほしいのは、その部屋なんだ」

千景は京一のあとに続く。透磨はその後ろからついてくる。階段を上がってすぐのドアを開けると、六畳の和室の、壁一面に無数の絵が貼《は》ってあった。

画用紙に、びっしりと細かく描かれた絵だ。子供の絵のような、単純な線や形の組み合わせだけれど、圧倒的な色彩とエネルギーで、見る者にせまってくる。

「これは、駒川さんが描いたのか？」

「そうだって。一年ほど前から描き始めたとかで、完成したものは全部こうして貼っているんだそうだ」

千景は壁に歩み寄って、よく見ようとする。画材は、色鉛筆やサインペンだ。絵を描いたことがなかったという彼女にとって、学校でも使ったことがあるような、身近にあった画材だろう。

「強盗が見たのは油絵なのよね？　駒川さんは油彩を描いたことがある？　あるいは、ほかに、駒川さんの作品じゃない絵はあるの？」

「油彩は描いてないって。それに、他の人の作品も、〝呪われた絵〟だけだったはず。強盗が盗みに来たのもその絵だったみたいで、高価な名画がどこにあるのか訊《き》かれて、押し入れだと答えたって。彼女はその絵を、カラヴァッジョの偽物《にせもの》だと思ってたらしいけど、強盗が狙ってたなら本物だったのかもしれないって、はじめて思ったそうだよ」

透磨が窓から下を覗《のぞ》き見る。外から見たときに石垣の真上にあった窓がそこだ。

窓の上には棚があり、小箱やサボテンの鉢などが無造作に並んでいた。窓の辺りをじっと見ていた千景は、小さな違和感をおぼえるが、何が引っかかるのか、思いつかない。

「その絵を、彼女はどこで手に入れたんだ？　もともとこの家にあったわけじゃないだろう？」

透磨が問う。一階の部屋には、とくに絵は飾られていなかったし、家族が絵画に興味を持っていたわけでもなさそうだ。ほかに、購入したような絵画がないというのに、どうして一枚だけ持っていたのか、透磨の疑問はもっともだった。

「ええと、それは拾ったそうだ」

「拾った？」

「あるアパートの一室に住んでた、身寄りのない老人が亡くなって、家財を処分する仕事をしたんだとか。で、ゴミとして処分することになっていた絵を持ち帰った……と。老人は定職もなく家賃を滞納してたみたいだし、生活必需品以外のものは、それくらいしかなかったって」

ゴミだから、偽物だと思っていたのだろうか。

その話からすると、亡くなった持ち主も資産家や収集家ではなさそうだ。

「ねえ、彼女はクリスチャン？」

壁に貼られていた絵を一通り眺め、千景は問う。

「え？　宗教は調書にないなあ」

「千景さん、どうしてそう思うんです？」

「あちこちに、キリスト教的な図像があるの。何か、画集でも参考にしてたのかしら」

しかし、室内にはあまり本がなく、学生のころの参考書のようなものや、小説が少しばかりで、画集はなさそうだった。

「ほら、ここは鳩《はと》とユリの花、〝受胎告知《じゅたいこくち》〟ね。この部分は、子羊と十字だから〝洗礼者ヨハネ〟。こっちには、ラクダと王冠、三人の人がいて、ひとりは黒人、もうひとりはターバンみたいなのを巻いてるでしょ、そしてもうひとりがひげの長い老人だから、たぶん〝東方三博士〟。キリストの茨《いばら》も複数の絵に描き込まれてるわね」

画面には星なのか木なのか、幾何学《きかがく》的な形を並べた模様のようなものが散らばる。装飾的な美しさを絵に与えている、にぎやかなクリスマスだ。なのに不安定な線のせいか、全体に影を感じる。人も物も、ユーモラスな形をしているのに、収まりが悪そうに画面を漂っている。しかしそれが、なんともいえない魅力になっていて、つい見入ってしまうのも確かだ。

「ほかにも、〝ピエタ〟や〝最後の晩餐《ばんさん》〟や、聖書のいろんなシーンを象徴するようなイメージもあちこちに」

「うーん、これはラクダなのか？　それに、鳥みたいだってわかるけど、鳩かどうかは……」

京一は首を傾げる。人物も、てるてる坊主に手足が生えたくらいの描き方だが、ゆがんだ線も、執拗《しつよう》に塗りつぶした形も色も、千景の目には意味を持つ図像として浮かびあがる。他のどんなものにも見えない。

「千景さんが言うんだから、ラクダや鳩だ」

透磨がめずらしく肯定《こうてい》してくれて、千景はちょっとうれしくなる。

「絵のレベルが同じくらいだから、わかるんでしょう」

「えっ、ちょっと何よそれ。見直しかけたのに……！」

「それはともかく、これらの絵はいかにも未熟ですけど、はっきりしたイメージを持って描かれています。彼女の頭の中にはきちんとした色と形があって、それを表現すべく力を注いでいる。描くべきものが曖昧《あいまい》なままの稚拙《ちせつ》な絵とは違います」

結局千景は、透磨を見直す。彼の言うとおりだ。言葉にならない感情が込められてこそ、図像は意味を立ちあがらせる。ただ意味のあるモチーフを描けばいいわけではない。ほとんどの人が意識できないような、筆にのせた息づかいや震えるような感情を、千景は絵の細部から意識して読み取っている。透磨はそれを知っているのだ。

「あー、そうだ。駒川さん自身の宗教はわからないけど、お父さんは、昔、神父をしてたって」

京一はのんびりと付け足した。

「それをまず思い出せよ」

透磨は苛立《いらだ》ちを口にした。

「じゃあ、お父さんは還俗《げんぞく》して結婚したわけね？」

「えっ？　還俗って？」

「カトリックの神父は結婚できないから、娘さんがいるなら、辞めたってこと。牧師なら結婚できるけど、プロテスタントだから、キリストや聖母の姿も、宗教画もあまり使われないわね」

カトリックに接点があったなら、キリスト教絵画の図像に見覚えがあって、自分の絵にもそのイメージが現れたとしても不思議ではない。

「強盗に見せたっていうのは、カラヴァッジョふうの絵で、女が赤子を抱いている構図だったわよね。とすると、宗教画では聖母が幼子キリストを抱いてるってところかしら」

「カラヴァッジョの聖母子というと、『ロレートの聖母』が有名ですね」

「でもあれは、イタリアの聖堂に置かれてるし、かなり大きいものだし」

「小さく模写したレプリカかもしれませんが、いずれにしろ本物ではないでしょう」

カラヴァッジョが図像術を使えた、というような情報は、今のところない。研究者たちの間に噂レベルでものぼっていないのだ。ただ、当時から人々を魅了していたカラヴァッジョには、数え切れない追従者がいた。無名の、図像術に通じた画家が、画風を似せたなら、カラヴァッジョの偽物だとしても、本物の図像術だという可能性はなくはない。

「それにしてもこれは、アウトサイダー・アートといってもいいかもしれませんね」

絵を学んだわけでもないのに、何かが彼女を画用紙に向かわせた。突き動かされるようにひたすら線と色を重ね、生み出した作品だ。

個性的な描写や目を惹く色彩の組み合わせ、構図も大胆で見入ってしまうような魅力がある。アートとして成立している。

「ええ、これは、内側から何かの熱意に動かされて描いた絵だわ」

画用紙は、隙間《すきま》なく壁に並んでいるが、一枚分のスペースが不自然に空いている。そこにも絵があったのか、だとしたらどんな絵だったのか、気になってくる。

答えをさがすように、千景は壁以外にも注意を向ける。

室内には、ベッドとクローゼット、そして座卓がある。彼女は座卓で絵を描くのだろう。そこにあったスケッチブックを手に取ると、壁の絵と同じようなタッチで複数の絵が描かれていた。

パラパラとめくると、最初から三分の二ほどは使われていて、あとは白紙だ。サインペンでしっかりと塗った部分は、次のページにまで色移りしたものもあるが、そのままかまわず新しい絵を描いている。紙を無駄にしたくないのだろうと思いながら、千景はふと手を止める。

「これ、聖母子かしら」

ベールをかぶった聖母を思わせる女性と、小さな子供が、デフォルメされた線で描かれている。そんな絵がいくつもあるが、構図も色も違う。

「ラファエロの、『大公の聖母』にポーズや色が似てる。これはボッティチェリの『薔薇《ばら》園の聖母』。それに、もしかしたらこれは、カラヴァッジョの『羊飼いの礼拝』？」

「カラヴァッジョか。それが呪いの絵で、まねて描いたとか？」

京一が覗き込む。

「どうかしら。『羊飼いの礼拝』はメッシーナ州立美術館にあるはずだし」

もし複製があったとしても、似たような構図で図像術を成立させられるかというと、難しいように千景には感じられる。

スケッチブックには、名画に似た聖母子に紛《まぎ》れ、稔自身のイメージだと思われる母子の絵もいくつかあったが、彼女がこのテーマにこだわっていたのは間違いないだろう。

そのうえ、強盗犯を死なせたのも、母と子の絵だというのだ。

「で、どうかな？　千景ちゃんに西之宮。駒川さんの自供に信憑性《しんぴょう》は……、ないと思うけど、何か気づいたことはあるかい？　壁一面の絵の中に、強盗が驚きそうなものがあるとか？」

「そうだな、もし強盗がトライポフォビアなら、この部屋から飛び出したくなるかもな」

透磨はそう言う。京一は目をぱちくりさせる。

「何？　トライ……？」

「恐怖症の一種。絵に所々、ブツブツした穴が集まったような描写があるだろ？　そういう、虫の卵みたいな、湿疹《しっしん》みたいなものに対する恐怖症。集合体恐怖症ってやつ」

「ああ、こういうの、ぞっとするって人がいるな」

たしかに、トライポフォビアなら逃げ出したくなるかもしれない。

「恐怖症でも、一階ならともかく二階の窓からは飛び出さないと思うけどなあ」

先端恐怖症、高所恐怖症、蜘蛛《くも》や蛇《へび》恐怖症、理由もなく過度に恐れるのは、人が生まれつき持っている危険を察知する能力に起因しているという。自分自身が危険な目に遭ったことがなくても、危険だと感じるのは、潜在意識に刻まれた先祖からの記憶だろう。図像術も、そういう感覚を刺激すると考えられている。

「阿刀、ここにカラヴァッジョがあるなんてことを、強盗はどこで知ったんだ？　駒川さんが誰かに話したのか？」

「いや、誰にも話してないって。でも、ゴミの中から、彼女が何か持ち帰ったことを知ってる人はいるかもしれないな」

だとしても、亡くなった老人のアパートに、ゴミに紛れてカラヴァッジョがあるなんて誰が思うだろうか。

「その、亡くなった老人はどういう人物だ？　アパートの場所は？」

「それ、必要？」

京一にしてみれば、どこまで捜査情報を出していいものか迷ったのだろう。

「絵の出所をたどりたい。それによっては、カラヴァッジョかどうかの信憑性も変わる」

素早く質問する透磨は、さしあたり千景が調べるために必要なことを明確にしてくれる。千景が興味を持っていることも、何が強盗犯を死なせたのか、図像術とのかかわりをはっきりさせたいと思っていることも、わかっていて、必要な情報を得ようとしてくれている。

「ちょっと待ってくれ、署に問い合わせてみる」

京一は、携帯電話を片手にひとり外へ出ていった。

千景はあらためて、壁を埋める稔の絵をじっくり眺める。

「クリスマス関連の絵が多いのは、やっぱり〝呪われた絵〟だっていう母子画の影響かしら」

星をまとった色とりどりの木は、クリスマスツリーだろうか。渦《うず》を巻くように群がるピンクの羊、無数の六角形は雪、下書きもなくサインペンを走らせ、不規則だけれどバランスよく塗りつぶされている画面に、描き手が無心に手を動かしているところを想像する。

画面には寂しさが漂うのに、緻密《ちみつ》さに身を委《ゆだ》ねてしまうと、人を包み込むようなやさしい色が感じられる。

ひたすら細かい描写を重ねていくだけのエネルギーが、どんなきっかけで彼女の内に生じたのだろう。

「クリスマスは好きじゃない。でも、この絵は好きだわ」

透磨は、何か言いたげにこちらを見たが、何も言わなかった。

もうすぐクリスマスだ。町中はクリスマスのイメージであふれているが、千景にとってその日は別の意味がある。自分の誕生日だ。

千景はじきに、十九歳になる。祖父母は毎年、イブにはプレゼントやケーキを用意してくれたけれど、千景にとってそれは、クリスマスケーキやクリスマスプレゼントだった。

年齢が増えるのはしかたがないが、誕生日は祝うようなものではないと思ってきた。

誕生日にしろクリスマスにしろ、両親と過ごしたことは記憶にない。過去の記憶が戻ったとはいえ、千景が記憶をなくしたのは八歳のときだから、それ以前のことはそもそもおぼえていることが少ないし、祖父母や透磨との思い出はあるものの、両親との思い出はない。忙しくて家にいないだけだと思っていたが、たぶんふたりとも、千景を愛せずにいた。誕生日を祝う気になれなかったのではないか。あの誘拐事件をきっかけに、それがはっきりしたから、どちらも千景を捨てたのだろう。

だから、誕生日は好きじゃない。もっとありふれた日だったら、ずっと忘れていられるのにと思ってきた。クリスマスだから、忘れたくても忘れられない。でも、クリスマスに紛れて、誕生日がかすむのだからよかったのだろうか。

「すばらしい聖母子を見に行きませんか?」

透磨は唐突に言う。

「駒川さんの言う〝呪われた絵〟の手がかりになりそうなの?」

「いいえ、あなたの、クリスマスへの苦手意識を克服《こくふく》するために」

「別に克服しなくていいけど」

気が進まない。でも、透磨の次の言葉に気が変わる。

「此花統治郎先生の、聖母子です」

*

今は亡き千景の祖父、此花統治郎は画家だった。透磨の家である西之宮画廊とは古くからつきあいがあり、透磨に絵画の世界を教えたのも実質的には統治郎だ。早くに父親を亡くした透磨は、家業を継ぐには若すぎたが、統治郎の力添えでどうにか画廊を立て直し、彼を恩人として慕っている。

彼の作品は、鈴子が多くを所有し、一部を異人館画廊で展示しているが、『聖母子』の絵を千景は見たことがなく、またそういう絵の存在も知らなかった。

「クリスマス展、か。聖画の展覧会なのね」

千景は電車に乗って、久しぶりに梅田《うめだ》までやってきた。用事でこちらに来ていたという透磨とは、駅で待ち合わせた。

「現代の画家による聖画ですね。統治郎先生の絵は一点だけですが、『聖母子』を展示するようです」

「おばあさんは、『聖母子』を見たことがあるのかしら」

「わかりませんが、鈴子さんが編纂《へんさん》しているカタログ・レゾネには載っているはずですよ」

統治郎の作品は、鈴子がカタログ・レゾネを編纂している。絵の歴史を記録するもので、いつ誰が所有していて誰に渡ったか、破損や修復があったか、現在はどこにあるのか、などなどが明確に記されている。統治郎の作品は点数が多く、まだ網羅《もうら》するには至っていないが、そこに載っているということは、完成作品が最初に売られてからの来歴もはっきりしているし、偽物やコピーの可能性はない、本物だということだ。

駅を出て、ふたりで歩く。透磨と出かけるのは久しぶりだ。しょっちゅう顔は合わせているけれど、外で待ち合わせをして会うなんて、ふだんとは違う気がする。

そう思うのは、透磨との距離が変わったせいもあるだろう。子供のころのように、素直に身近な人だと思えるようになった。彼のことを思い出せなかったときと、今とでは、休日に会うことの意味も違っているようで、千景は少しだけ落ち着かない。

日曜日で混雑していたが、待ち合わせの場所に透磨がいるのはすぐにわかった。彼も仕事が休みだったからか、スーツではなく、きれいな水色のニットに濃紺《のうこん》のコートと、ふだんよりやわらかい印象だった。

千景も、いつもと違うはずだ。子供っぽくならないように悩んで選んだのは、オフホワイトのニットワンピースにキャメルのショートコート。パールのイヤリングも、少しかかとが高めのブーツも、大人っぽく見えるつもりだったが、透磨は別に何も言わなかった。

そんなに期待していたわけじゃないけれど。

「おじいさんが宗教画を描いていたわけじゃないけれど、知らなかったわ」

「ええ、めずらしいですね。僕もはじめて見ます」

「そう、透磨でも見たことのない作品があるのね」

「そりゃそうですよ。先生のキャリアを考えれば当然でしょう」

考えてみれば、生涯絵を描き続けたなんてすごいことだ。しかし、此花統治郎がとくべつなわけじゃない。世の中の芸術家たちは、人生をミューズに捧《ささ》げてきた。

駒川稔の絵にも、魂《たましい》が絞り出す何かがあった。これまで絵画とかかわりなく生きてきたというのに、表現の衝動は突然訪れるものなのだろうか。

透磨は、賑《にぎ》わうショッピングビルへと入っていく。その一画で、企画展は開かれているらしく、吹き抜けを貫く巨大なクリスマスツリーが飾られたホールに、ポスターが並んでいる。

会場には、写真や立体のオブジェも点在する中、統治郎の絵はなかなか目立つ場所にあった。

あまり美術に詳しくなくても、絵本を描いていたこともある統治郎の名は、知っている人もいるだろう。立ち止まっていた学生ふうの一団が移動するのを待って、千景たちは『聖母子』の前に進む。

それは不思議な絵だった。羊頭の女性が、ゆりかごの中の赤子をあやしている。赤子の顔は、オオカミだ。つぶらな瞳で子犬のようだけれど、成長すれば羊も襲うだろう鋭い牙がちらりと覗いている。

もともと、統治郎の絵は超現実的な世界を表現することが多い。だから彼らしい作風だけれど、これを聖母子と見るには少々皮肉が効きすぎているかもしれない。もちろんタイトルは『聖母子』ではなく、『愛し子《いとご》』だから、実際には宗教画として描いたものではないのかもしれない。

それでも背景の窓枠に積もる雪や、薄暗い外に生えた樅《もみ》の木や星、室内にある宿り木の飾りがクリスマスを感じさせる。

「この前、母に会ったんです」

透磨は、絵をじっと見つめながらそんなことをつぶやいた。

「そう、お元気なの？」

「ええ、今は、実家の近所の子供たちに英語を教えているとか。充実しているようでした」

透磨は子供のころに実母を亡くしたが、父親の再婚相手を母親と慕ってきた。父親が亡くなっても、彼が成人するまでは、血のつながらない義母がそばで支えていたのだ。

義母はもう西之宮家から離れたが、透磨のことは今でも息子のように気にかけていることだろう。

血のつながらない母子のつながりを、透磨はこの絵に感じたのだろうか。

「おじいさんは、何を考えてこの絵を描いたのかしらね」

「解釈は人それぞれ。統治郎先生は、人を考え込ませてほくそ笑んでいることでしょう」

そうかもしれない。

絵の前を独占してもいけない。千景たちはゆっくりとその場を離れる。他の絵も楽しみながら歩き、気になったら足を止める。自分の好みで鑑賞していると、いつの間にか透磨と離れていた。会場内をぐるりと見回すと、別の絵の前で真剣な顔をしている彼が目につく。千景は歩み寄って覗き込む。

「透磨は、こういう絵が好きなの?」

ちょっと驚いたように、彼は振り向いた。よほど集中して見入っていたようだ。

「ああいえ、お客さんがこの画家に興味を持っていたので」

あの真剣な顔は、仕事の顔なのか。仕事でパソコンをにらんでいる透磨のことは、異人館画廊でも見慣れているが、事務的な仕事と絵を見る視線はまた違うのだ。絵を見定めるとき、たぶんそれが、どんな画家のどんな位置づけの作品か、出来栄えや市場価値、コレクター好みか投資家向きか、一度にいろんなことを見極めなければならないのだ。

「これは売り物なのね。スタッフに話を聞いてみる？」

「いえ、またの機会に」

「売れちゃうかもしれないわよ」

「仕事で来たのではないので」

仕事とプライベートなんて、いつも曖昧なのに、と千景は首を傾げる。家業を継いだ経営者に、そもそもプライベートなんてあるのだろうか。

「休みの日だっていつも仕事のこと考えてるじゃない」

「今は違います」

「どうして？」

「しつこいですね」

「しつこいって何よ！」

周囲が振り向き、千景はあわてて口をつぐんだが、透磨のうんざりしたような顔にますますムカついていた。

昔のことを思い出したら、透磨がときどき千景を怒らせたことも思い出した。その言い方はどうかと思うことは数え切れない。

それでも千景にとって、透磨はとくべつな人だった。自分を子供扱いしていないから、対等にケンカもできた。たぶん、幼いところと大人びたところのアンバランスな千景は、昔から扱いにくかったことだろう。彼のほうも、自分の言葉をぶつけるしかなかったのだ。

今もまだ彼は、千景の扱いに戸惑っているのだろうか。

「デート中に仕事はよくないでしょう」

困ったように言う。うんざりしたわけではなかったようだ。千景には思いがけなくて、つい訊いてしまう。

「これは、デートなの？」

「あなたが違うと言うなら、違うんでしょう」

顔を背《そむ》けて歩き出す。以前なら、その態度にもっとムカついただろうけれど、どういうわけか千景は、笑いたくなっていた。

「何をにやついてるんですか」

「べつに」

「感じ悪いですよ」

「あなたに言われたくないわ」

そう返しながらも、千景はまだ笑っていた。

会場を出て、赤と緑の装飾も鮮やかなショッピングモールを歩く。

「で、これからどうするの？　デートなら、わたしを楽しませてくれるんでしょうね」

「クソ生意気なことを言いますね」

口調の割には、彼の横顔もちょっと笑っているようだった。

きらびやかな店が、ビルの中も外も途切れなく並んでいる。日が暮れ始めて、街路樹が星をまとったみたいに輝き始める。カフェで身を寄せる男女も、楽しそうにショーウィンドウを覗き込むふたりも、透磨とそう変わらない年頃だろう。千景と同年代の、学生ふうのカップルも多い。みんなは、どんな話をしているのだろう。千景には想像もできない。でもきっと、自分と透磨のような会話ではないはずだ。

自分たちの関係は、彼らとはどう違うのだろう。デートだって、本当のところどういうものなのか、千景は何も知らないのだ。

「博士論文のこと、訊かないのね」

だから、色気も何もない会話になってしまう。千景自身はそんなことに気づかないままに。

「何を訊けというんです？」

千景がイギリスの大学へ戻るかもしれない。そのことについて、あれから透磨は何も訊いてこない。

帰国しても、図像術の研究は自分の一部だと再認識した。図像術が新たに描ける可能性があるとの事実にも接し、掘り下げたいと思い始めている。けれどまだ、何も決まってはいないのだから、本当のところ訊かれても答えられない。

「あなたには関係ないものね」

つい顔に出て、ふてくされてしまう。

「大いに関係ありますよ。ただ、あなたがどこへ行って何をしようと、僕の立場は変わらないというだけです」

「何よ、まだ許婚《いいなずけ》だって主張したいの？」

統治郎が決めたことで、彼に恩のある透磨は引き受けるしかなかっただけだと千景は思っている。どのみち、そんな約束は無意味だ。自分たちの関係は、誰かに決められるものじゃない。

「いやなら、もう言いませんよ」

いやならって、どういうこと？　透磨がどう考えているのか知りたいのに。けれど素直に問えないのは、知ってどうするのか、千景自身がよくわからないからだ。

許婚という言葉も、いやなのかどうか、わからない。

たぶん透磨は、千景が望むように、幼なじみでも兄でもいてくれる。でも、透磨は透磨だ。彼が自分にとって何なのか、しっくりくる言葉が他に見つからない。

千景にはもう、透磨を遠ざける理由はない。だから、どうすればいいのかわからない。

結局、会話はそこで途切れたまま、聞こえてきた音楽に気を取られる。透磨もそちらに視線を向けている。広場に人が集まっている。

「オーケストラ？　わあ、野外演奏会をやってるのね？」

「クリスマスソングですね」

並んで立ち止まり、耳を傾ける。

「この曲は知らないわ。ポップスのクリスマスソング？」

「日本では有名な曲ですよ」

千景にとって世の中は、まだまだ知らないことばかりだ。美術にしか接してこなかったし、記憶をなくしていた時間も長く、自分がきちんと成長している気がしない。

経験も知識も、いろんなことが足りていない。

これまでは、記憶を失うことでどうにか心を保っていた。現在の自分を支えることだけで精一杯だったけれど、これからの自分は、どこへ向かっていくのだろう。

「いい曲ね」

「タイトル教えますよ。あとでダウンロードしてみてください」

「ええ、聴いてみる」

図像術にかかわり、自分の能力を生かせることにやりがいを感じながらも、ずっと千景は不安だった。もしかしたら、自分は図像術を描いたことがあるのではないか、それを、人に見せたことも、と頭によぎるたび、真っ黒な沼に沈んでいくような気持ちになった。

図像術を知るほどに、忘れている記憶が刺激されるかもしれないし、両親が嫌った自分に戻るかもしれない。誰も、千景に近寄らなくなるだろうと怯《おび》えていた。

でも、そんなふうにはならなかった。少なくとも、千景は自分を嫌わずにすんでいる。

透磨がいてくれたからだ。

だから、記憶が戻ったこれからも、絵を描くことは封印し続ける。透磨を悲しませたくないから。

「これは知ってる。マライア・キャリーね」

透磨がこちらを見て頷《うなず》く。自分たちは今、ここに集まっているカップルたちに溶け込んでいる。不思議に思いながらも千景はそう感じていた。

2

アウトサイダー・アーティスト

かつては文化住宅と呼ばれていた古いアパートで、駒川稔《こまがわみのり》は一年前に絵を拾った。筒状に巻かれたカンバスに、油彩で描かれた絵だ。片隅《かたすみ》に、カラヴァッジョと読めるサインがあったため、調べてみたらそういう名前の画家がいると知った。いくらなんでも本物ではないだろうと思いながらも、絵に惹《ひ》かれてそのまま持っていた、と話したらしい。

絵があったのは、六畳一間のアパートだ。キッチンとトイレがついているが、風呂はない。そこに住んでいた、土橋邦宏《どはしくにひろ》という老人が亡くなって、稔の働いている会社が、家財処分と清掃を行ったのだ。

部屋の中は荒れていて、ゴミが散乱していた。家具というほどのものもなく、使い古された最低限の電化製品は売り払うことになっていたが、あとはすべて廃棄するという指示だったので、持ち帰ってもかまわないだろうと、稔は判断したという。

土橋は、六十代半ば、肺がんを患《わずら》っていたが、積極的に治療はしていなかった。一人暮らしで無職、たまにコンビニ店員や駐車場の誘導などをしていたという。ホスピスに入る直前に、急変で救急搬送、間もなく亡くなっている。そのアパートで暮らし始めたのは、亡くなる五年ほど前だというが、以前にどこでどうしていたのかは誰も知らない。

「千景《ちかげ》ちゃん、土橋さんに家族はいないの？」

瑠衣《るい》がキャロットケーキをテーブルに置く。慣れた手つきで取り分けていく。もちろん、鈴子《すずこ》が焼いたものだ。

『異人館画廊《がろう》・Cube』に集まっているのは、いつもの顔ぶれだ。千景と鈴子、瑠衣に彰《あきら》、そして透磨《とうま》は、画廊の名を使った〝キューブ〟というグループをつくっている。もともとは、此花統治郎《このはなとうじろう》が始めた、興味深い絵画を発掘、鑑賞するために協力している同好の士といったところだろうか。

メンバーにはもうひとり、カゲロウと呼ばれている人物がいるが、みんなの前には姿を現さない。

集まったキューブのメンバーに、先日、京一《きょういち》から聞いた〝呪われた絵〟のことを、千景が話したところだ。彼らの力を借りて、絵について調べるためだった。

「ええ、いないみたい。ずっと前には結婚してたことがあるらしいけど。それも、大家さんがちらっと耳にしただけの話だって」

「どんな人生を送って、いつどこでカンバスに描かれた絵を手に入れたのかねえ」

「駒川さんみたいに、拾ったのかもしれませんけど」

「しかし興味深いな。なのに警察はもう調べないんだって？」

警察にとっては、強盗が盗みに入ったものの、目的を果たせずに死んだのだから、事件は未遂で終了だ。駒川稔が〝呪われた絵〟で強盗犯を死なせた、という件は、当然ながら事実ではないと判断したようで、それも終了したという。

しかし、盗みに来た目的の絵を、犯人は当然確かめるはずで、稔がわざと見せたと主張する意図がよくわからない。それとも犯人は、絵を確かめることなく持ち出そうとしたが、稔が見るよう促《うなが》した、ということだろうか。

何より、絵がどういう由来のものだったのか、本当に図像《ずぞう》術があったのか、カラヴァッジョの作品だというのは本当か、千景にしてみればこのままにしておけない情報だ。どうしても調べたかったし、みんなも力を貸してくれるだろう。

いつの間にか千景は、自分が知りたいことであっても、自分だけの仕事だと思わなくなっている。貴重な絵を守ってきた人たちが、かつても今もいて、何百年も残ってきた。それは人類の財産で、けっして千景だけの興味の対象ではないのだから。

「強盗は、本当に強盗だったわけよね？」

鈴子が問う。彼女が淹《い》れている紅茶からは、マリーゴールドの香りが漂ってくる。

「ええ、それは間違いなく」

稔が人を殺し、強盗犯に見せかけた、などということはないという判断だ。

駒川稔は、釈放されたという。強盗犯には、ナイフやスタンガン、粘着テープの購入履歴があり、それを持参していたなど、強盗をするつもりで侵入したことは間違いなかった。

結局、どういういきさつで転落したのかはわからないが、警察としては、強盗犯が何らかの事故で落ちたと考えるしかなかっただろう。

「駒川さんに話を聞けないのか？　警察には話していないことがあるかもしれない」

彰の言うように、まずそれを千景も考えた。

「警察には話せないことを、正面から訊ねて答えるでしょうか」

「彰くんも透磨くんも、彼女が隠し事をしてると思うの？」

鈴子が問う。

「ふつう、警察に呪いの話なんてしません。作り話なら、裏があるのでしょう」

千景としては、作り話ならまだいいと思っている。

「もしも本当のことを言っているなら、図像術の絵が存在したことになるわ。だったら非常に危険だし、学術的にも見逃せない事例になる。でもうそなら、うそをつく必要があったことになるけれど、なぜ〝呪われた絵〟なんて話を持ち出したのかよね。信じてもらえないことくらいわかりそうだけど」

「駒川さんが、呪いを信じ込んでたって可能性はあるな。あるいは、強盗犯が、そこに危険な絵があると信じ込んでいたか」

人の心が、どれほど虚構を現実と信じているか、彰はよく知っている。見てはいけない絵を見てしまったと思い込んだとき、窓辺でふらつくことはあるかもしれない。

「どんなふうに信じるにしろ、絵に説得力は必要だわ。土橋さんが持ってたわけだけど、他にその絵を見たことがある人はいないかしら」

「絵画の裏情報をカゲロウさんに調べてもらいますか。カラヴァッジョふうの、聖母子ふう？　それで、何か引っかかるかもしれません」

ここにいないキューブのひとり、カゲロウは、ネット上で美術品の売買をしているし、情報通だ。表に出てこない盗品や模造品についても詳しい。

「あと、強盗犯だけど、どこのどういう人か、本当にカラヴァッジョの絵があると思って来たのかよね」

「阿刀《あとう》から聞き出したところでは、名前は下村丈二《しもむらじようじ》、四十歳。窃盗《せっとう》など複数の前科ありで、振り込め詐欺《さぎ》にも加担していたことがあるとか」

頰杖《ほおづえ》をつきつつ、透磨はタブレットをにらむ。詳細なデータを共有するため、彰に転送する。

「なるほど、犯罪歴のオンパレードだけど、絵画に通じてるわけではなさそう？　交友関係を調べてみるか」

彰の得意分野だ。槌島《つちじま》彰は占い師だが、クライアントの情報収集と分析は欠かさない。カウンセリングの手法で相談に乗っているので、未来が見えるわけではないが、当たるとかなり信頼を得ているだけに、調査も綿密だ。

「では、お願いします」

チーム、キューブが動き出す。千景の中に、緊張感とともにワクワクするような期待感が広がる。

仲間がいることへの心強さと信頼関係は、千景のこれまでの人生にはなかったものだ。かつては、自分の中の好奇心だけが、自分を動かしていたけれど、今は、みんなとよろこびを共有できることがうれしい。

「さあさ、紅茶が冷めないうちに」

鈴子の合図で、作戦会議は和《なご》やかなお茶会に切り替わる。さわやかなニンジンの甘さが引き立つキャロットケーキは、口当たりが軽いのでフォークが進む。

カゲロウも来ればいいのにといつも思う千景だが、彼は正体を明かす気はないようだ。彼には彼の、仲間との心地のいい距離があるのだろう。

翌日、市内にある大学前のカフェで、カゲロウは待っていた。窓に面したカウンター席のうつむきがちな後ろ姿で、千景にはすぐにわかる。カゲロウがどういう人なのかを知っているのは、キューブの仲間では千景と透磨だけだ。

千景と同い年の少年は、大学生だが中学生くらいにも見える童顔だ。黒縁メガネの奥の真剣なまなざしは、ノートパソコンの画面に注がれている。千景が横に立っても、まったく気づいていない。

「こんにちは、カゲロウさん」

はっとしたように顔を上げ、彼は笑顔になった。

「こんにちは、千景さん」

カゲロウとは、会話のテンポが合う。千景の日本語が、若者ふうではなく少々古くさいのは祖父母の影響だが、美術品の裏情報に接している彼も、少し若者らしくないからだろう。そんなだから、いつもホットコーヒーみたいなシンプルな飲み物しか買わない彼なのに、テーブルには、ピンクとグリーンのクリームが華やかに盛り上がったカップが置いてある。

「ねえ、それ何て飲み物?」

「うん、クリスマス・ラテ、だって。イチゴとピスタチオのクリームなんだ」

「そういうのも飲むのね」

「たまにはこういうのどうですか？　って、店員さんに勧められて。もしかして、子供だと思われてるのかな」

けれどいやな気はしなかったからこそ、頼んでみる気になったのだろう。

「そんなことないと思うわ。カゲロウさんをおぼえてる店員さんだってことよね。おいしいから飲んでみてほしいって、素直に思ったのよ」

「千景さんも、勧められた？」

ホワイトチョコレートのドリンクも、クリームが山盛りで、削ったホワイトチョコと銀色のアラザンもちりばめられて、キラキラしている。

「ええ、この白いコートのせいかしら」

「うん、ドリンクと合ってるね。雪のプリンセスみたいだ」

ちょっと浮世離れした言葉を平気で使うところも、彼のおもしろいところだ。

千景はコートを脱いで、隣に腰を下ろす。目の前のガラス窓には星形の装飾が貼《は》られている。クリスマスは、街の気分を浮き足立たせる。人も、ふだんとは違う気分を求めている。ついホワイトチョコレートを頼んだ千景もそうだろうか。

これまでのように、クリスマス気分を心の中から閉め出そうとしてきた自分なら、ホワイトチョコレートを断って、いつものラテにしただろう。

今年は何が違うというのだろう。日本に帰国してはじめてのクリスマスだからか、記憶が戻ったからか。それとも、人の言葉を受け入れることに、少しばかり抵抗がなくなったからか。

千景が昔の誘拐事件について思い出し、事実があきらかになったことは、当然ながらカゲロウにも影響しているだろう。

彼の抱えてきた苦悩が、少しでも軽くなったならよかったと、千景はクリスマス・ラテを眺める。

「ところで、カラヴァッジョの作品がひそかに出回ったっていう情報は、見つからなかったよ」

早速彼は、本題を切り出した。

「でも、土橋さんが長期間にわたって所持していたなら、ネットに痕跡《こんせき》がなくても不思議じゃない。だから、土橋邦宏って人について調べてみた。そしたら、かつて彼と絵画の取引をしたって人が何人かいたんだ」

「取引？　土橋さんは、昔から絵画に通じてたの？」

「三十年以上前に、一線で絵画の売買をしてた人が何人か、土橋って人におぼえがあるそうだ。土橋さんは、盗品の取引にも首を突っ込んでいて、来歴は問わないからと掘り出し物をさがしていたらしいよ」

　絵画の値段はピンキリだが、一線のバイヤーの記憶にあるなら、土橋はかなりのお金を絵画のために使える状況だったということだ。

「なかなか目利きのコレクターだったって」

「じゃあ、そのころは古いアパート住まいじゃなかったわけよね」

「裏の絵画情報となると、そのころはまだ口コミや人脈が主で、売買では直接顔を合わせることもあったみたいだけど、どこに住んでるとかの個人情報は訊《き》かないから、家や仕事のことはよくわからないらしい。ただ、世間話くらいはするわけで、会社を経営してたとか、そこそこの数の絵画を持っているようだったとかいうから、かつてはいい暮らしをしてたんだと思うよ」

「彼がカラヴァッジョをほしがってたとか、手に入れたとかいう話はあったのかしら？」

「うん、やたらカラヴァッジョにこだわってたらしい。若いときにイタリア留学して感銘《かんめい》を受けたって聞いた人もいる。カラヴァッジョの、盗難に遭った『聖誕』とか、複数あるはずだっていう『法悦のマグダラのマリア』とかに興味があって、いろいろ調べてるらしかった。それと、彼がカラヴァッジョを手に入れたらしいなんて、嘘《うそ》みたいな噂《うわさ》が一時期流れたと話してくれた人もいた。でもその噂の前後から、コレクターとしての彼はすっかり消えてしまったらしい」

「それ……、カラヴァッジョを手に入れたのが事実だという可能性は？」

「誰も信じてなかったって。あと、土橋邦宏っていう人の会社は、二十五年前に倒産してる。たぶん同一人物だ。高額の絵画は差し押さえになったはずだから、本物を持っていたなら、とっくに世間に出てるよね」

表に出てこないルートで手に入れ、隠し持っていたとしたら。犯罪だし、隠し通せるかどうかはともかく、土橋はその絵を、どうにかして所有し続けたかっただろう。

あるいは、偽物《にせもの》で無価値だからこそ、取り上げられなかった可能性もある。そして、彼が最期《さいご》まで持っていたのがその絵だとすると、稔が拾ったのもそれだ。

「カラヴァッジョだっていうその絵を、どこでどうやって手に入れたのかはわからないのね」

「それは、噂の中では見つからなかった」

破産したのが事実だとすると、その後彼は暮らし向きが悪くなった。亡くなったときに住んでいたアパートへ引っ越してきたのが五年ほど前だというから、その間二十年は、どこでどうしていたのかわからない。しかしおそらく、失意のままに過ごしてきたのだろう。

「当時、彼のコレクションのいくつかは、画商の手に渡ってる。情報が得られたのは、正規の売買だった絵画ばかりだけど、その中に、西之宮《にしのみや》画廊もあるんだ」

驚いて、千景がパソコンの画面を覗《のぞ》き込もうとすると、背後から声がした。

「それ、本当ですか？」

振り返った千景は、また驚く。透磨が突っ立っている。

「え、透磨……！　どうしてここに？」

「カゲロウさんが、ここにいるとのことでしたので」

「西之宮さんにも話したほうがいいと思って、さっきメッセージを入れておいたんだ」

透磨は何のトッピングもないコーヒーを手に、カゲロウの隣に座る。クリスマス・ラテは、店員さんもおすすめしにくい雰囲気だったのか、透磨がにべもなく断ったのか。

「二十五年前、ですか？　とすると、父が土橋さんを知っていたかもしれないんですね」

「どんな絵を買い取ったのかしら」

「うちの記録を調べてみます。父の代からいる専務にも訊いてみましょう」

土橋邦宏の人となりや、カラヴァッジョへのこだわりや、何か手がかりがあるかもしれない。

「しかし、彼が死ぬまで持ち続けた絵のことを、かつての知人たちも何も知らないとは。

それが図像術だったからでしょうか？」

「実物がない限り、判断はできないわ。ただ、駒川さんが言うように、罪のある人に効く図像術だとしても、わたしには強盗犯を転落死させたとは思えないの」

「強盗犯だから、罪のある人ですよね。前科もあるようだし」

　カゲロウが疑問を口にする。

「法的な罪ではなくて、罪悪感があるかどうかなのよ。自分の心が、見たものをどう受け止めるかで、図像術の効果は変わる。どんなに罪を犯していても、罪悪感がなければ影響はないはずよ」

「なるほど、再犯してるとなると、あまり罪悪感はなさそうですね」

　どういう絵なのか、情報が少なすぎる。ただ、その絵に稔は、罪悪感のイメージを重ねた。聖母子の絵なら、なぜ罪悪感が伴《ともな》うのかわからないが、土橋が絵に執着した理由も、罪悪感と関係があるのではないだろうか。

「あとは、駒川さんに直接訊くしかないですね」

「でもそれは……」

「会う約束を取り付けました。千景さん、鈴子さんに頼んで、クリスマスのチャリティー絵画展に、彼女の絵を出品する了承を得ました。その交渉に行きましょう」

「アウトサイダー・アートの絵画展に？」

「彼女の絵は、魅力的でしょう？」

透磨は、スケッチブックをカウンターに置いた。

「これって……」

駒川稔のスケッチブックだ。開いてみると、彼女の家で見たときと同じ、聖母子の絵とめくるめく色彩で画用紙が埋め尽くされていた。

「駒川さんが釈放されたというので、瑠衣さんが家へ様子を見に行ったんです。声をかけるための下調べのつもりだったんですが、彼女がこのスケッチブックを外のゴミ捨て場に捨てるのを見て、拾ったわけです」

「おもしろい絵ですね。簡単に描けそうで、けっして描けない」

覗き込んだカゲロウが言う。拙《つたな》くゆがんだ線、いびつな形、繰り返されるモチーフの連なりが、模様のように画面を覆《おお》う。単純な形でも、彼女にしか描けない個性をまとっている。内側から湧き出すようなイメージの激流、色彩の洪水に、人を呑《の》み込む力があるのは間違いない。アウトサイダー・アートだからこそのエネルギーだ。

それを見て、あらためて千景は感じたのだ。彼女の絵は、無意識の領域に近い。心の奥底にあるものを、無心に画用紙へぶつけていく作業だ。

千景が知りたいことを、図像術の本質を、彼女の潜在意識は知っているのかもしれない。

*

駒川稔が仕事を終えた夜、彼女が指定したファミレスに、千景と透磨は向かった。しばらく待たされ、現れた稔は、思いのほか背が高く、黒いブルゾンに迷彩柄のカーゴパンツと男性みたいな服装だったので、千景たちは最初、代理の人が現れたのかと思った。

「駒川稔です」

髪も短くて、声も性別に迷う、曖昧《あいまい》な雰囲気だ。

「私の絵を、どこで見たんですか？」

コーラを注文して、彼女はそう質問した。

「これを、拾いました」

予想していた質問だ。透磨はさらりと答え、持参していたスケッチブックをテーブルに出した。

釈放されて早々、彼女がこれを捨てたのは、事件と何か関係があるからだろうか。しかしまだ、千景は疑問を心の中にとどめておく。

「画廊の社長さんが、ゴミを拾うんですか？」

透磨の名刺を見て、彼女は言う。

「お恥ずかしい話ですが、額やカンバスが捨ててあればつい確かめてしまいます。スケッチブックもです。どこに宝が転がっているかわかりませんので」

透磨はしれっと答える。

「で、近所を聞き回って？」

「はい。道ばたの落書きでも、気になれば描き手をさがします。あなたが捨てたのを見ていたかたがいて、教えてくれました」

「そっちの子は？」

と千景を見る。

「彼女は、西洋美術研究家の此花千景さんです」

「今回のチャリティー絵画展を主催している財団で、スタッフをしています」

「ごめんなさい、学生さんかと思いました」

すまなさそうに頭を下げる。表情も口調も淡々《たんたん》としているが、生真面目《きまじめ》な人であるようだった。

「いえ、大学を出たばかりなので、まだまだ勉強中です。それで、駒川さんの絵を拝見しました。今度の絵画展には、アウトサイダー・アートを集めています。駒川さんの絵、とても魅力的だと思うんです」

「アウトサイダー？」

「はい、心の赴《おもむ》くままに描かれた絵であって、芸術性を感じられるもの。従来の美術教育によらない、独自の技法や表現方法で描かれた絵画です」

「ふうん。絵の種類なんてわかりませんが、興味もないんです」

説明を続けようとする千景をさえぎるように、早口で言う。

「人に見せるために描いてはいないので」

「じゃあ、どうして描くんですか？」

透磨が鋭く突っ込んだ。

「さあ、気がついたら……」

目をそらすのは、何か隠したいことがあるからか。しかし、突然に描き始めたきっかけは、彼女にとって大きな出来事であるはずなのだ。

「そういう絵は貴重です。駒川さんにとって描かずにいられなかった絵は、きっと誰かの心を動かします。その人にとって、とくべつな絵になるかもしれません」

そらしていた目をすっと千景に向けた稔には、もう拒絶の姿勢は感じられなかった。千景の言葉が届いたなら、稔の中にも、心を動かされた、とくべつな絵があるのだろう。それはたぶん、土橋のところで拾った聖母子画だ。

「描かずにいられない……。そういうことってあるんですか？」

「あるはずです。あなたの線には迷いがありません。形も色も、描く前から頭の中にくっきりとありますよね？　どうして、この絵の周りにこのモチーフを描いたんですか？」

スケッチブックの中の一枚は、ラファエロの『大公の聖母』と同じ構図だ。それが独自の色彩とタッチで新たな作品になっている。周囲にちりばめられたモチーフは、パン、水、帽子、ロウソクに灯《とも》る炎、原画にはないものだ。

「どうして、と言われても。そういうイメージが浮かんだので」

「これは、慈愛の象徴です」

千景が言うと、稔は驚いていたが、納得してもいるようだった。

「ヨーロッパでは昔から、飢《う》えや渇き、着る物に困窮《こんきゅう》した人、病気や獄中《ごくちゅう》にある人、それらの世話をすることが慈愛だと考えられていて、西洋絵画の図像学的にもそういったイメージが使われます。中世以降は、慈愛の行為を神の愛ととらえ、炎を象徴的に描くことも多くなりました」

稔の中には、父親の影響でキリスト教的な図像のイメージがある。無意識に、聖母子と慈愛のイメージが結びついて、図像が浮かんだのだろう。

「こういった図像で、何百年も前から西洋絵画は、見る人の内に神の教えを喚起させていました。もっと古くには、絵で人の心を操ることもできたといいます。そういった絵は、〝呪われた絵〟と呼ばれていました」

「知ってます。私、そんな絵を持ってましたから」

訊きたかったことに話が向かい、千景と透磨はさりげなく視線を交わす。

「本当ですか?」

「ある絵を見て、ひどく惹かれました。眺めていると涙があふれました。それから、夢を見るようになったんです。夢の中にその絵が現れて、画面のすべてに意味があることを知りました。夢の中での私は、何を見ても意味を感じることができて、目に入るものすべてが語りかけてくるかのようで、そこにあるものや風景も、なぜそうあるのかを理解できたんです」

稔の夢の世界を、千景はよく知っている。子供のころ、目に映る世界をそんなふうに感じていた。現実に、千景にとって目に映るものすべてが意味を持っていたのだ。今は、風景と図像との区別ができるようになっただけで、少しばかり頭の中のスイッチを切り替えれば、視界のすべてが情報の渦《うず》になる。

「目覚めると、夢のことはぼんやりしていて、あまり詳しくは思い出せません。でも、絵を描き始めると、自然に鮮やかなイメージが浮かんで、夢に見た情景だとわかるんです。意味までは思い出せなくても、イメージは次々にわいてきます」

稔の絵は、図像術の影響によるものなのだろうか。そうでなくても、感銘を受けた絵に影響されることはある。

「その絵がなぜ、呪われていると思うんですか？　悪い絵ではないようですし、惹かれたとおっしゃいましたよね？」

透磨が突き詰める。

「惹かれたのは、私が罪深い人間だからです。その絵は、罪を償《つぐな》わせる絵です。罪深いほど、代償も大きいんです」

だから、強盗犯は死んだのか。一方で、稔が自覚する罪は、死をもたらすほどではないのだろうか。

「どんな絵だったんですか？　わたし、図像学を研究しているので、その話には興味があります。本当に呪われた絵画だったのかどうか、構図でもモチーフでも、ヒントになることなら何でも、教えていただけませんか？」

千景は、建前の目的を忘れ、つい前のめりになる。

「思い浮かべることはできます。でも、伝える方法がありません」

「あなたは絵を描けますよね？」

見たことのある絵を、そっくりそのまま描くことはできなくても、大まかな構図やモチーフ、色などを示すことはできるのではないか。

「絵は、勝手に生まれるのであって、私自身が描こうと思っても描けるものではありません。私にとって、絵を描くのは罰《ばつ》なんです。だから、絵画展なんて考えられません。すみません」

きっぱりと断ると、コーラに口をつけようともしないまま、彼女は立ち上がった。

「罪深いとは、どういうことですか？　罪のない人なんていないと、僕は思いますが」

「どうでしょう。罪があっても、自覚していない人は多いでしょう」

「自覚してなければ、罰を受けることもないんですか？」

「罰を、罰だと自覚できないままに生きているのではないでしょうか」

稔は悲しそうに言う。誰かを思い浮かべたのか、それとも自分のことなのか。

「それじゃあ、用事があるので失礼します」

しかしもう、こちらが質問を重ねる間もなく彼女は行こうとする。スケッチブックも、一度は捨てたものだからか、持ち帰ろうとはしなかった。

「あの、もし興味がわいたら、いつでもご連絡ください」

千景は、自分の連絡先を書いたメモを渡すだけで精一杯だった。

「本当に図像術の絵だったのかどうか、やっぱりわからないわね。駒川さん自身が、自分で信じてるのかどうかも読めないわ」

「贖罪《しょくざい》の思いが先にあって、絵に投影されているのかもしれませんね」

透磨の言うことは的を射ているような気がした。稔が描いた慈愛のイメージも、贖罪のひとつなのだろうか。

「ねえ、駒川さんみたいに、潜在意識の奥にあるイメージを描く人がいるなら、アウトサイダー・アートの中には図像術の片鱗《へんりん》があるのかしら」

透磨は黙ったまま、じっとこちらを見る。冷たくもなく、バカにしているようでもない視線は、どこかやさしげで、千景にとってそんな透磨と目を合わせるのははじめてだ。

いや、子供のころにはよくあっただろうか。

「な、何よ」

落ち着かなくて千景が眉をひそめると、透磨は笑ったようだった。

「出ましょうか」

　透磨が嫌味な態度じゃないと、ちょっと困る。どんな顔をすればいいかわからなくなることが、このごろ増えた。

「まだコーヒーが残ってるわ。あなたのも」

だから、千景は素直に立ち上がらない。不機嫌そうな透磨のほうが、ムカつくけれど慣れているからほっとできる。

「ここのコーヒーは好みじゃないので」

「わたし、お腹《なか》すいたの。これが食べたいな、ナポリタン」

目についたメニューを指さす。目についてしまうと、おいしそうだと思えてくる。

「その白い服で食べるのはやめたほうがいいですよ」

子供扱いするから、千景はますますあまのじゃくになった。

「平気よ。おじいさんとよく食べたわ。ほら、ここのは鉄板に卵が敷いてあるのね。おじいさんと行ってた喫茶店と同じだわ。こういうの、他の店にはなかったのよ」

「東海地方に行けばありますよ」

「そうなの？　でもすぐには行けないでしょ」

「わかりました」

　降参したようにため息をついて、透磨はウェイトレスを呼ぶと、ナポリタンをふたつ注文した。ついでに、子供用の紙前掛けも頼んだのは、千景としてはちょっと気に障《さわ》ったが、気をつけて食べたつもりでも、前掛けにしっかり赤い点々がついていたのだから、やっぱりまだまだ子供なのかもしれない。

そこは指摘されないように、食べ終わったところで前掛けはさっさと畳《たた》んだ。

＊

今年の春、千景が帰国してすぐのころ、透磨の目に映る彼女は、まだどことなく子供っぽかった。大人のつもりで背伸びした女の子、そんな印象だったのだ。十年近く会っていなかったのだから、もちろんずいぶんと成長し、幼かった千景の面影をさがすのに苦労したが、十八歳の少女らしい、伸びやかな美しさを身につけた彼女にほっとしたのも事実だ。

イギリスに渡った千景は、恐ろしい事件を忘れ、心に深い傷を残すことなく成長した。記憶を失ってよかったのだ。しかし、帰国したことで、彼女が日本での現実に向き合うことにもなるだろうと予感していた。

千景にとって、過去を思い出すことは必要だったのだろうか。透磨にはわからないけれど、誘拐事件のことを思い出した千景は、きちんと受け止めることができている。そのうえで、忘れたことにすると言った。図像術の絵が描けることを、自分の意志で封印するのだ。

そのときから彼女は、たぶん少し、大人になった。


「久しぶりだなあ、透磨とここへ来るのは」

彰と入ったラーメン店は、通っていた大学の近くだ。学生のころはよく来ていて、年上の彰が卒業してからも、彼が大学の近くまで来ると、ここへ寄っていたものだ。

「めずらしくディナーをいっしょにと言うから、どこへ行くのかと思いましたよ」

「まあ、初心に返るのもいいだろう？」

「初心、ですか？」

「ずっと前、統治郎先生と三人で来たことがあるだろう？　透磨の紹介で、先生が俺をキューブに誘ってくれたとき」

あのとき、ジャガーの顔が刺繍《ししゅう》された彰のスカジャンを、統治郎は気に入って、譲ってくれないかと言っていた。着てみたら、長身の彰のサイズでも違和感なく似合っていたが、透磨が止めた。

統治郎は好奇心旺盛《おうせい》で、茶目っ気のある人だったから、どこまで本気で、どこまで冗談だったのか、透磨にもわからないことがある。

千景の許婚《いいなずけ》に彼を選んだのは本気だったと思うけれど、もしかしたら透磨自身が、そんなふうに受け止めたかっただけなのだろうかと、ふと考えてしまう。

統治郎は今ごろ、自分の言葉が千景と透磨を翻弄《ほんろう》しているのを、あちらから楽しそうに眺めているのだろうか。

「此花統治郎先生が、キューブというグループをつくった。絵画に興味を持つ若者を集めて、秘密めいた遊びを始めたんだろうなと受け止めていたし、そういう面もあっただろうけれど、本当のところは千景ちゃんのためだったんだろう？」

たぶん、千景の味方をつくりたかったのだ。彼女には特異な能力があり、子供のころからずっと孤独だった。絵を描くことを封印し、それでも美術から離れられない彼女に、理解者をつくりたかったに違いない。

呪われた絵画ではなくても、高価なものにはいろんな思惑がまとわりつく。何の価値もない白い画布に、人が何かを表現する、それだけで宝にもゴミにもなる。ただ絵の具がのっているだけで、恐ろしいほど価値が変わり、人も変わる。

芸術の崇高《すうこう》さと人の愚《おろ》かさは、けっして相反するわけではないと受け入れられる人間なら、千景のことも色眼鏡で見ることはないだろうと期待して、キューブをつくったのだ。

「まあ俺は、けっこう楽しんでる。もしかしたら先生は、俺や透磨みたいな若造に、人生の楽しみ方を教えてくれたのかもしれないな」

彰は昔から、いつでも楽しそうに見えていた。しかし、心から楽しくやっていたなら、透磨とはお互いに興味を持つことはなかっただろう。

ラーメンは、待たされることなく出来上がる。一気に食べる彰は、その間は無言だ。透磨も黙って、食べることに集中する。

スープまで飲み干すと、ビールと餃子《ぎょうざ》を注文する。そうしてまた、語り出す。

「俺は、やりたいことが見つからなくて、就職もしないで探偵のバイトで気を紛《まぎ》らわせてたけど、浮気調査でホテルに張り込んでばかりで、自分がくだらない人間に思えていたところだった」

それでも彰は、家が裕福でお金には困らなかった。今は自分でかなり稼いでいるだろうが、転機になったのはキューブだと思っている。

「くだらないことを楽しめばいい。そこに、貴重なものが潜んでいることもある。そう思えたね」

「簡単なようで、難しいんですよね」

「ああ、透磨はずっと、自分のことを考える余裕もなかっただろ？　あのころから、きみは学生の中でも浮いていた。家業の経営を継ぎながらの学生生活だ。今も、肩の力が抜けてない。もう少し、ダメ人間になったほうがいい」

「ダメ人間ですか」

「酔い潰《つぶ》れて駅前で寝たことないだろ？　朝起きて、隣に知らない女が寝ていたこともない。遅刻で大事な商談を潰したこともなければ、ムカつくやつと殴り合ったこともない」

彰は、人の心が覗けるかのようだ。占い師でカウンセラーなのだから、そういう才能があるのだろう。相手の視線、呼吸、かすかな動きや顔色や、わずかな心の揺れを感じ取る才能だ。

千景の、図像を読む能力と似ているのかもしれない。彼女は、画布の奥にある、個人を超えた大きな意識のるつぼを覗き込む。そこから現れるイメージの根源を見ている。

「僕が、迷っているように見えますか？」

透磨は率直に問う。彰がこの、なじみの店へ自分を連れてきた理由を考えながら。

「いや、困っているように見える」

たしかに、困っている。透磨はため息とともに吐き出す。

「千景さんの将来に、僕が必要なのかどうか、わからなくなったんです」

失っていた記憶を取り戻し、千景は自分の能力を理解した。きっとこの先は、図像術の研究に邁進《まいしん》していくだろう。

「今も千景ちゃんは、貴重な美術品みたいなもの、なのか?」

前に彰に、そんな話をした。

「だったら、将来を考える必要はない。美術品は、今も未来も変化しない」

目の前にいる彼女を、棘《とげ》のような周囲から守ることを考えてきた。統治郎はその役目を、透磨に委《ゆだ》ねたのだと思っていた。しかし、千景の時間は止まらない。内面も外見も変わっていく。完成した絵画とは違う、人は死ぬまで未完成なのだ。

「だいたい透磨、その考え方はおかしいだろ。好きならそばにいればいいだけだ」

そんなふうに、単純な恋愛感情をいだける相手ではなかった。昔も、今もそうだ。親友の彰にも、話せないことはある。千景の特殊な能力は、透磨しか知らない。

「キューブは、いつか千景ちゃんにとって必要なくなるかもしれない。でも、きみは違う。キューブを抜きに、千景ちゃんとの縁がある。六人である必要はない、きみたちふたりでもいいはずだろう? きみが自分を、キューブの中のひとりに閉じ込めなくてもいいんじゃないか?」

「それは、僕の未来を占ってくれてるんですか?」

皮肉を込めた言葉に、彰は頬杖をついて考え込んだ。

「未来を知りたいって、俺のところへいろんな人が来るけど、未来を知ってるのは俺じゃなくてその人自身だ。未来は個々人の心の内にあって、そこへ向かって進んでいくしかない。俺は依頼人が見ているものを自覚させるだけだ」

知っていても、自覚したくないこともあるだろう。

「そうそう、例の強盗犯について調べたよ」

ビールジョッキを空にしたタイミングで、彼は話を変える。透磨はどうにか気持ちを切り替える。

「交友関係に、絵画に詳しそうな人物は見つからなかった。交友も犯罪がらみばっかりで、ぼったくりバーの勧誘、オレオレ詐欺の受け子、海賊《かいぞく》版の販売、といろいろやってたようだ。刑務所仲間もいるな。仕事は長続きせず、売り上げをくすねてクビ、みたいなことを繰り返してる」

「彼の目的は、本当にカラヴァッジョだったんでしょうか。本物かどうかはともかく、そこに絵があるってことを、どこで知ったのか、ですね」

「そこなんだよな。駒川家にたまたま押し入った、というには、失礼ながら豪邸でもない古い一軒家だし、元空き巣《あす》の視点からすると、もっと狙いやすい家を選ぶそうだ」

彰には、元空き巣の知り合いもいるらしい。

「土橋邦宏との接点は？」

「それもなさそうだ。けどひとつだけ気になる話がある。下村は、絵画の偽物を売りつけようとして、トラブルを引き起こしたことがあるらしい。事件にはなっていない」

「とすると、美術の知識があるわけですか？」

「誰かの入れ知恵ってこともあり得る」

「つまり、駒川さんの家に押し入ったのも、その誰かの……？」

稔と下村をつなぐ誰かが、間にいるのか。その誰かの目当てが〝カラヴァッジョ〟だという絵画で、下村をそそのかしたのだとすると、主犯だということになる。その人物がつかまっていないのだから、再び絵を狙うかもしれない。〝カラヴァッジョ〟はもう稔の元にはないが、そこまで知っているとは限らない。

「鍵になる人物は、おそらく土橋とも縁がある、ということだな」

＊

とあるジュエリーショップに、その絵は飾られていた。高級住宅地に近い駅周辺には、こぎれいな店が並んでいる。その一角に、小さいながらもセンスの良さで目につく店があった。

オーナー兼ジュエリーデザイナーの中尾《なかお》という女性は、二十数年前、自分の店を持った記念に、一枚の絵を買った。知り合いの紹介で西之宮画廊を訪れたとき、とても気に入ったのだという。

それは、透磨の父である先代の社長が、土橋から買い取ったという一枚だった。

過去に、どんな画家のどんな作品を扱ったか、西之宮画廊には記録が残っているという。それを調べた透磨は、ジュエリーショップのオーナーに連絡した。

当時の絵がまだあると聞き、見せてもらえることになったのだ。

店に足を踏み入れたとき、千景は、きらびやかにディスプレイされたジュエリーよりも、壁に掛かる絵にまず目をとめた。入り口からすぐ目につく場所に飾られていたのだ。

「……不思議な絵だわ」

「おもしろいでしょう？　見るたびに、印象が変わるの。笑っているようにも、泣いているようにも」

女の横顔のようだが、はっきりとしない。長い髪のうねりか、波打つ線が全体を覆っている。重なる曲線と赤と黒のグラデーションは、抽象画のようにも見える。

「これはもう店の顔みたいになってて、たまに他の絵に替えたりもするんですけど、なんだかこのほうがお客さんが増えるような。わたしの作品も、映えるような気がするんです」

見る人によって印象が変わるだろう。絵は動かないのに、見ているうちに変化していくかのようだった。明るい赤が映える昼間は、情熱的で強い意志を秘めた瞳が際立ち、夜なら、白い頬にかかる影のような、ミステリアスな黒髪が印象に残るだろう。

「作者不詳ですが、おそらく無名の人物で、プロの絵描きではないと聞きました。そうですよね、西之宮さん？」

「はい。父は当時、そうご説明したかと思います。ただ、記録には残っていないものの、作者は土橋邦宏という、この絵を持ち込んだ本人だそうです」

驚いて、千景は透磨を見る。西之宮画廊が土橋から買った絵は、彼のコレクションではなく、彼自身の作品だったというのだ。

「当時をおぼえている従業員の話ですが、土橋さんは、絵画のコレクターとしては有名でしたが、自分の絵はそれまで誰にも見せたことがないとおっしゃって、素人《しろうと》の絵だから作者不詳にしてほしいということでした」

千景はあらためて絵に見入った。

「そうだったんですか。それで、此花さんはこういった素人画家の絵を研究されているとか？」

千景のことを、透磨はオーナーにそう伝えてあったようだ。

「はい、とっても貴重なものを見せていただきました。絵には、出来がいいとか悪いとかよりも、人との縁があるものと、そうでないものがあるんだと思います。買い取った先代の社長さんも心惹かれたのでしょうし、そこから中尾さんの手に渡って、大切にされていることを思うと、ますますそう感じます」

「たしかにそうですね。名のある画家の作品でなくても、人の心をつかむ絵は描ける。人の心を動かすものの、本質って何なのかしら」

彼女のつぶやきは、芸術家なら誰もが考えることだろう。

「西之宮さん、こんなふうに、埋もれてしまいそうな絵画を見つけ出せるなんてすばらしいですね。どうやって審美眼を磨くのですか？」

「審美眼なんて、あるのかどうか。ただ、絵画が好きなだけなんです。無から何かを生み出せる人に、まとわりついているだけです」

透磨は、店内に並ぶジュエリーを眺めやる。

「宝石の善《よ》し悪《あ》しは、僕にはまったくわかりませんが、中尾さんの手にかかると、唯一無二の貴重なものになるのはわかります」

小さく彼女は微笑《ほほえ》む。

「石は自然のものだから、たぶん、無から生み出す芸術とは少し違うのでしょうね。女性のほうが、感じるものがあるかしら」

オーナーは、その微笑みを千景に向けた。促された千景は、ショーケースの中でキラキラした繊細な細工を眺める。心惹かれるが、これまで興味を持ったこともなかった。

「宝石は、ひとつも持っていないんです」

「あら、それは幸運ですね。お若いから、これから宝石とのご縁が楽しめますもの」

彼女の言葉が心地よく響いて、千景も自然と微笑んでいる。

「アクセサリーはお好きでしょう？　かわいらしいチャームブレスレットですね」

ジュエリーではないが、千景にとってアクセサリーといえるものはこれだけだ。

「これは、祖父にもらったもので、子供のころから身につけてるんです」

「チャームはお守りですものね。ジュエリーも身につけるものだから、お客さんにとってとくべつであってほしいと思うんです。それがあれば、勇気が出るとか、ステキなことが起こるとか、誰かとつながっていられるとか」

「宝石にも、チャームみたいにいろんな意味があるんですか？」

「ええ、たとえば誕生石とか。此花さんは何月生まれですか？」

少し戸惑った千景は、すぐに答えられなかった。不自然にならないタイミングで、透磨が「十二月です」と言う。

「だったら、ターコイズ……、ううん、此花さんには透明なタンザナイトがお似合いになりそうですね。石言葉は、誇り高い人、深い思考」

オーナーが見せてくれたタンザナイトは、吸い込まれそうな藍《あい》色の夜だった。ほんの少し混ざった赤みは、静寂《せいじゃく》に潜む熱のような、それとも生命の血のような。

「大人の宝石だわ」

これが似合うのは、ひとりですっくと立って、未来を切り開いていけるような女性だ。傷だらけで、誕生日程度にこだわってしまうような未熟者じゃない。

「わたしには、まだまだ宝石とのご縁は遠い気がします」

「ご縁はいつ訪れるかわかりませんから。いつでも見に来てください」

オーナーはやさしく目を細めた。ラファエロの、『大公の聖母』を千景は思い浮かべた。

3

マグダラのマリア

開店前の異人館画廊《がろう》で、鈴子《すずこ》は焼きたてのスコーンを大皿に積み上げる。薔薇《ばら》の花束みたいな帽子をかぶった瑠衣《るい》が、床も窓もピカピカにしていく。千景《ちかげ》は、庭で摘《つ》んだクリスマスローズの花をテーブルに飾る。

サロンの壁に掛かっているのは、此花統治郎《このはなとうじろう》の絵で、彼が携《たずさ》わった絵本の原画や、木版やエッチングなどの版画作品がほとんどだ。本格的な油彩画は、サイズが大きいので、カフェには似合わないのだ。

鈴子にとって趣味みたいなものだから、のんびりしている。観光地からは離れているので、営業日も時間も鈴子しだい、メニューも、そして展示の入れ替えも告知なしだ。

「あ、これ、新しい展示ですね」

昨日、鈴子が入れ替えたものを、瑠衣が見つける。

「そうなの。瑠衣さんもはじめて見るでしょう?」

千景も昨日、額に入れるのを手伝いながら見たのがはじめてだった。

「クリスマスにちなんでるんですか?」

「ええ、これは、宿り木のリースを編む少女でしょ? それから、樅《もみ》の木を運ぶ子供たち」

「これは? 牧場の風景っぽいけど」

「羊飼いたちね。キリストが生まれて、最初に礼拝に来たのが羊飼いだから、これもクリスマスの絵なのよ」

千景が説明する。

「へえ、ただ羊がいるだけなのに」

「夜空にひとつ、大きく星が輝いてるのが、降誕のしるしよ。ベツレヘムの星」

「あ、それ聞いたことある。空に明るい星が輝いたのが、救世主が生まれたしるしだってことで、偉い学者がベツレヘムへ来るんだよね」

「東方三博士ね」

稔《みのり》が描いた絵に、その象徴的なモチーフがあったことを、千景は思い出す。彼女の絵には、多数のキリスト教的なイメージがあった。今もクリスチャンかどうかはわからないが、父親の影響で教会に通うといった子供時代を過ごしたことだろう。

千景は、見たものを写真のように思い浮かべることができる。とくに絵画なら、一度見たものは隅々《すみずみ》までおぼえている。

稔の絵には、茨《いばら》のイメージがあちこちに使われていた。磔刑《たっけい》にされたキリストの冠だが、それとは違うものを、絵の全体からは感じられた。何だろう。千景は、稔の家で見た多量の絵をひとつひとつ思い浮かべる。俯瞰《ふかん》するように全体を眺めていると、やはり茨は目立つ。

彼女は、土橋《どはし》の家で見つけた聖母子の絵に感銘《かんめい》を受けたようだったが、そこに茨の図像《ずぞう》があったのだろうか。

「絵を描きたくなる心境って、どういうものかしら」

千景はつぶやく。図像術を描かせる図像術もあった。しかし今回のは、そういうものではなさそうだ。稔の絵は、多様な図像を使ってはいるが、きちんとした文脈になっていない。それは文字を並べても文章になっていないのと同じで、図像解釈ができず、千景には、図像術とは無縁に見えた。

「そうねえ、言葉にできない気持ちが、あふれたのかしらね」

独り言のつもりだったが、鈴子が答えた。

稔の中で、どんな気持ちがあふれたのだろう。罰《ばつ》だと彼女は言っていた。いったい、どれほどの罪を犯したというのだろうか。

「駒川《こまがわ》稔は、大学を出て飲料メーカーに就職、四年勤めて退職して、病気の父親を看病しつつ、バイトで清掃の仕事をしてた。二年後に父親が死去、それからはあの実家に一人暮らし」

「まあ瑠衣さん、よく調べたわね」

「ご近所の人に聞いたんです」

稔が捨てたスケッチブックを拾った瑠衣は、彼女の様子をうかがっていただけでなく、近所に話を聞いていた。古い家が多いその辺りでは、お互いの家のことは筒抜けのようだ。

「お父さん思いの娘さんだったのね」

鈴子が言うが、瑠衣は難しい顔をした。

「それがね、お父さんは厳しい人で、娘さんがかわいそうだったっていう話もあったんです。元神父さんだから、戒律にも厳しかったんじゃないでしょうか。彼女が子供のころは一家で教会へ通ってたけど、そのうち娘さんは行かなくなったとか。何度も家出してたって話も。反抗期のころだけど」

幼児洗礼は受けただろうが、自意識が芽生《めば》えてからは教会からは離れたようだ。けれど、信仰は選べても、親は選べない。反発していたという父の看病は、彼女にとってどういう時間だったのだろう。

罪の意識が宗教的なものならば、父親とカトリックの影響は、まだ彼女を縛っているのかもしれない。

「お父さんが亡くなって、自由になれたんじゃないか、とか言う人もいたな」

自由を謳歌《おうか》しているようには見えなかった。千景は息を止めていたことに気づき、そっと深呼吸した。

父親との確執は、千景自身にも締め付けられるような思いをもたらす。断ち切れたと思える今は、頭の中は冷静に聞いていられたけれど、体はまだ緊張してしまう。

「瑠衣さん、そんなふうに調べ回って、ご近所にあやしまれなかったの？」

鈴子は心配そうに問う。

「はい、ちゃんと演じましたから。駒川神父さんに、母がお世話になったとかって」

瑠衣のことだから、演技をする設定も完璧だろう。

土橋が亡くなったのは、一年ほど前だという。稔が絵を描き始めたのはそれからだ。父親の死から三年経《た》っている。その間は、彼女にとってどういう時間だったのだろう。土橋が持っていた絵は、父の死でも変えられなかった彼女の時間を、一気に変えたのか。

千景としては、ますますどんな絵なのか気になった。カラヴァッジョの真筆《しんぴつ》なのか、別の画家の手によるものか、年代も知りたいし、模写か贋作《がんさく》かもわからない。

稔に影響したのは、いったいどんな母子画なのだろう。

そして、本当に図像術があるのかだ。あるのなら、どこかで誰かが拾うかもしれず、放ってはおけない。

テラスに面したガラス戸が開く。まだ開店時間には間があるのに、と振り返ると、サロンへ入ってきたのは透磨《とうま》だった。

「おはようございます」

めずらしいことに、京一《きょういち》といっしょだ。スーツもネクタイも、ポケットチーフの差し色にも隙《すき》のない透磨の後ろに、ヨレヨレのコートとボサボサ頭の京一がくっついている。

「あらあら、おはよう、透磨くん。それに京ちゃんも？」

「京兄さんは徹夜明け？」

「うん、張り込みで。着替えてシャワー浴びて、また出勤しなきゃ」

「大変ね。で、透磨に連れてこられたの？」

「下村《しもむら》と土橋氏をつなぐ人物について、気になる情報があると阿刀《あとう》が言うので、千景さんにも聞いてもらいたいんです」

椅子《いす》に腰を下ろした京一のために、鈴子は濃いめのコーヒーを淹《い》れた。

「下村を被疑者死亡で送検するために、部屋を調べてたんだ。そうしたら、盗難届の出てる絵と似たものが出てきて、それが本物かどうか、西之宮《にしのみや》に調べてもらおうってことになったんだ」

京一が、いつの間にか透磨を頼るようになっている。

「まあ京ちゃん、最近透磨くんと仲がいいのね。なんだかうれしいわ」

「鈴子さん、この前の呪われた絵の件といい、絵画に関する協力依頼をしてきたのは、阿刀の上司であって阿刀じゃありませんから」

「うん……、まあ。切山《きりやま》荘の事件以来、美術関連は僕の同級生に協力を頼めばいいって、上司はすぐ言うんだ」

「それって透磨、責任重大ね」

「問題ありません。真贋《しんがん》を調べたいという絵の画家は、もともと西之宮画廊が優先的に扱っていましたから」

それなら透磨は間違えないだろう。

「現物は持ってきてないんだ？」

瑠衣が問う。

「はい、あとで西之宮画廊に届けてもらうことになってます」

「それが本物だったら、下村が盗んだってことよね？　土橋さんとのつながりは？」

「その絵は二十五年前までは、土橋氏のところにあったはずなんです。盗難届を出している人は、そのころに彼から買い取っているんですよ」

土橋が破産したころだ。持っている絵のひとつを、その人に売ったのか。

「じゃあ、土橋さんが誰に売ったかを知っている人が、下村に入れ知恵して、盗ませたってこと？」

濃いコーヒーを一口すすり、京一は頷《うなず》いた。

「そこは空《あ》き巣《す》に入られて、その絵を盗まれてるんだけど、他の絵はそのままになってた。あとは現金や貴金属ばかり盗まれてる」

絵はかさばる。油彩は大きいものが多いし、狙ったものをひとつ運び出せばいいと考えたのだろう。

「不審な車を何度か見かけたって人が近所にいて、その家をうかがってるようだったらしい。車の中にいた人物が、下村と人相が近いんだ。下見に来てたのかもしれない。それと、一度だけ、もうひとり乗っていたって目撃もある」

「どんな人物？」

「もう少し若い男だったって」

その人が、土橋を知る人物だろうか。まったく無関係な人かもしれないし、今のところは何もわからない。

「下村より若いとなると、土橋氏が絵を集めていたころのことなんて、知っていそうにないけど」

まだ子供だったはずだ。

「若く見えるだけかもしれませんが、下村に情報提供をしたのが、絵画の知識がある人物だという想像も、僕はちょっと疑問です」

「透磨、どうしてなの？」

「下村が以前、偽物《にせもの》の絵に投資を募ってトラブルになったことがあるんですが、彰《あきら》がもう少し詳しく調べてくれました。彼がそのとき投資家に持ちかけた絵は、カラヴァッジョの『東方三博士』だったそうです。ひそかに売りたい人がいると偽《いつわ》って、それを買い取るという名目で資金を集めたとか。投資家には、買い取った後にオークションで売れば、何十倍にもなると話したようですが、土橋氏の名前を出して相手を信用させたんです。昔の彼の、資産家で絵画コレクターという雑誌の記事を見せて、彼の紹介だと言ったとか」

この詐欺《さぎ》の入れ知恵も、土橋に近い人物で間違いなさそうだが。

「結局、前金を払った後に、偽物ではないかと諭《さと》された投資家が手を引いたんです。前金のことでもめたけれど、あくまで手付金だから、事件にはなってなかったんです」

「カラヴァッジョには、『東方三博士』は存在しない。少し詳しい人なら気づくでしょうね。だから透磨、それほど絵画に精通してるわけじゃなさそうってことなのね？」

透磨は頷く。京一は驚いた様子で、千景と透磨を交互に見た。

「え、そうなのか？　でも、未発見の絵ってことも……」

「もちろんあり得るけど、何の情報もなく発見された絵が誰の作品か、判断するのは難しいわ。見つかっていないけど、画家がこんな絵を描いていたっていう文書とか、誰かが注文したとか所有してたっていう証拠とか、資料がないとね」

だから、本物だというには説得力が弱くなる。偽物を売りつけたいなら、もっと本物らしい偽物にするべきだ。

「なるほど、未発見の絵も、急に湧き出るわけじゃないんだね。……いや、それにしても、どうしてみんな、下村のことに詳しいの？」

やっと京一は、ここの状況に違和感を持ったらしい。

「〝呪われた絵〟について情報がほしいの。どんな絵だったか、どうしても知りたいから、みんな力を貸してくれてるのよ」

「今回の件って、千景ちゃんの美術の仕事にも関係があるのか？」

仕事と言っていいのかどうかわからない。今の千景は無職だし、ただ気になる、知りたいと思っているだけだ。けれどそれは、研究者としての本能みたいなものだ。もし自分が、これからも図像の研究者であろうとするなら、調べなければならない。キューブのみんなも、そのために協力してくれている。

迷いながらも、千景は道を踏み出している。けれど先へ進むならば、自分の封印した能力とも、向き合わなければならなくなるのだろうか。

「問題の絵を見たことがあるのは、土橋氏と下村と駒川稔。ふたりは死んでいるので、話を聞けない。駒川さんは話してくれないものの、もうひとり、下村に情報提供者がいるなら、その人を見つけたい」

返事に戸惑っていた千景の代わりに、透磨が言う。彼はもう、千景が図像術に踏み込むことを止めようとしない。それは千景が選ぶことだからと、知りたいなら手を貸そうとしてくれている。

「情報提供者が詳しいのは、美術じゃなくて土橋さんだってことかなあ」

話を戻し、瑠衣が腕組みした。

「そうかもしれないわね。土橋さんから絵画のことを聞いていただけで、美術関連の情報も、彼が持っていた絵に関してしか知らないのかも」

「阿刀、調べられないか？　もうひとりのことを」

「え、でも、捜査は打ち切りなんだ。仮に情報提供者がいたとしても、どこにどんな絵があるか教えただけで、共犯に問えるかというと微妙だし、西之宮の言う、偽物を売ろうとしたことは事件になってないわけだし、下村はもう死んでしまっているからなあ」

「そいつが主犯だったら？　盗むことも計画していたら、ただの情報提供者じゃないだろう？　下村は死んだけど、新たな事件を引き起こすかもしれない」

きっぱりした透磨の口調に、京一は弱い。昔から何かと言いくるめられてきたため、苦手に思っているはずだ。でもこのごろは少し、透磨の力になろうとしているようにも、千景には感じられる。

「……そうだね。そっか、下村を操ってた可能性も……」

透磨にしても、京一を便利に使っているかのようだが、案外頼りにしているのではないか。京一はキューブの一員ではないが、協力者のように扱う。それに、キューブで調べたことが、警察官としての京一の手柄になることを、いやがってはいない。正義感は強いが、少しばかり抜けたところのある京一が、最近昇進したのは透磨のおかげだ。

「計画的だったかどうかはわからないけど、下村が駒川家に強盗に入ったのは、たぶん、その人からカラヴァッジョがあると聞いたからなのね」

その人物は、土橋がボロアパートに住みつつも手放さなかった絵を、本気でカラヴァッジョだと思っていた。実際に見たのか、話を聞いたのかはわからない。そうして、土橋の死後、駒川稔が絵を持ち帰ったことを知った。

「まずは、土橋氏に近い人物、絵画の情報を得られそうな、身近な人を調べてみますか」

まとめるのはいつも透磨だ。ここで話したことは、すぐに、彰とカゲロウにも伝えられるだろう。

＊

翌日千景は、駒川稔が働いている会社を訪れた。小さな事務所には事務員らしい数人がいるだけで、作業員は出払っていると聞かされる。稔も外に出ているらしかった。

このあたりで待てるところはないかと考えていると、ミニバンが駐車場へ入っていくのが見えた。クリーン・サービスの文字が並ぶミニバンから、作業服の女性がふたり降りて、事務所へ入っていく。会社は、個人の家の掃除を主に引き受けているようだから、女性の従業員も少なくないのだろうと思いながら、千景は、ふたりの人影が稔ではないことを確認した。

視線を戻そうとすると、もうひとり、車から降りてくる。稔だ。バックドアから取り出した荷物を抱え、車から離れようとしている。千景は急いで駆け寄り、声をかけると、こちらを見た稔は、にわかに眉をひそめた。

「あなたは……。しつこいですね。絵は人に見せる気はないって言ったでしょう？」

「今日は、別の話で来ました」

ひとりで来た千景は、誰にも相談していない。どうしても彼女に話を聞きたかった。そのためには、うその用件で近づくのではなく、本当のことを話すしかないと思ったのだ。

稔は、誰よりもあの絵を知っているはずだ。隅々まで眺めたことだろう。もうひとりの、土橋と下村をつなぐ人物が絵を見ているとしても、それほど真剣に見入ったとは思えない。

「絵を、拾いましたよね。呪われた絵だというものを。土橋さんというかたのところで拾ったと聞きました」

土橋の名を聞くと、彼女は驚いたようだったが、千景と目が合うとあわててそらし、歩き出す。千景は、距離を空けられまいとついていく。

「すみません、この前は、あなたに警戒されたくなくて、絵画展の話にしました。でも、もっとあなたの絵を知りたいのは本当です。あなたの絵が、土橋さんの〝呪われた絵〟に影響されているならなおさらです」

「でももう、私のところにはないから」

事務所へ入っていこうとする彼女に、千景はしつこく声をかける。

「その絵を見て、あなたの中のキリストのイメージが喚起されたんですか？　あなたが描いた絵には、宗教的なイメージがたくさんありますよね」

稔は、急に体が固まったかのように立ち止まった。

「は？　私はそんなもの描いてませんけど」

無自覚なのだろうか。

「でも、茨や羊や、東方三博士の図像もあれば、鳩《はと》や馬小屋も……。とくに降誕の、クリスマスのイメージで」

「ちょっと待って、それはただ、思い浮かんだものを描いただけで……」

あきらかに戸惑っていた。それでも彼女は動揺を抑え込んで、見定めるような視線をまっすぐに千景に向けた。

「バス停前の店で待っててください」

そうしてさっと、建物へ入っていった。


バス停の前には、チェーンのドーナツ店があった。窓際に座った千景には、バスを待っている人たちが見えている。しばらくすると、私服に着替えた稔が通りを歩いてくるのがわかる。グレーのブルゾンにグレーのパンツで、作業着とあまり印象が変わらない。まっすぐ店へ入ってくると、カウンターでドーナツとコーヒーを買って、彼女は千景の向かいに腰を下ろした。

「お待たせしました」

「いえ、こちらこそ突然にすみません」

愛想笑いはない。機嫌がよくないのは当然だろうと思ったが、まずはひとくち、コーヒーを味わう様子は、千景のことに苛立《いらだ》っているわけではなさそうだった。化粧気がまるでなくて、素肌にそばかすが浮いている。遠目には男性みたいにも見えるが、首から肩のラインが華奢《きゃしゃ》で、かえって色っぽくも感じられた。

「わたし、クリスマスイブが誕生日なんです。だから、あなたの絵が気になりました」

千景は話し始める。彼女のことを知るには、自分のことも話すべきだという気がした。

「誕生日は、苦手なんです。周りの子たちが、ことさら誕生日を祝っているのが不思議で、わたしにとっては祝う日じゃなかったし、そもそも両親がそう思っていたんです」

稔は黙ってコーヒーカップの中に視線を落としている。手を温めるように、カップを両手で包み込んでいる。

「クリスマスは、いつも祖父母の家へ行って、プレゼントをもらって、ケーキを食べていたけど、あくまでクリスマスで、誕生日のケーキやプレゼントではないと思っていました。祖父母だけが、誕生日おめでとうって言ってくれたけれど、ピンとこなくて。少し大きくなって、わかってきました。両親は、クリスマスにかこつけて、目をそらそうとしてたって、わたしの誕生日を祝えなくなってたんだって気がついて、それからその日は、クリスマスとしか考えないことにしました。祖父母はわたしを愛してくれたけど、誕生日はいらないから、クリスマスでいいって、そう伝えてあるんです」

それでも祖父は、誕生日になると、チャームをひとつくれた。それはお祝いのプレゼントというよりは、ひとつ年齢を重ねて大きくなったしるしだと言っていた。千景が受け入れやすいように、記念のチャームをくれたのだ。

「でもわたし、あなたが描いたクリスマスが好きです。あ、そういうつもりで描いたんじゃないんですね。それでもわたしには、厳《おごそ》かなクリスマスに見えました。キリストの降誕画には、その後の悲運が暗示されることが少なくない。それでも彼がキリストになったことで、いつしかたくさんの人が、それぞれに大切な人の幸せを願う日になった、そんなことを感じたから、祖父母が必ずクリスマスにご馳走《ちそう》やケーキを用意してくれたことが、少しうれしく思えたんです」

千景が言葉を切っても、稔は黙っていた。彼女が懸命に考えている様子を感じ、千景は待つ。

「私、女に見えないでしょう?」

ゆっくりと視線を上げると、稔は唐突にそう言った。

「子供のころから、女らしいことはすべて禁じられてきたんです。自分でも、色気づくのは悪いことだと思ってたし、かわいいものも自分をきれいに見せることも興味なかった。

たぶん、興味を持たないようにしてきた。だから、今さら自分を変えられないし、これが私なんだって思っています。子供のころは強制されてたけど、もう馴染《なじ》んだっていうか、自分でやりたいようにしてるだけだから」

　千景は黙って頷く。

「だけど、父は私が好きじゃなかった。外見はどんなふうでも、女だから。それに私が、父の信仰を嫌ったから。なのになぜ、自由に描いたつもりの絵の中に、キリスト教のイメージがあるんでしょうね」

「人の心は、自分でも思い通りにならないものですから。周囲から様々な影響を、無意識に受けていて、どんなに独創的な考えも、自由な行動も、純粋に自分の中にあったものというわけではありません。それに、心のもっと奥深くには、遠い先祖から積み重ねられてきた、遺伝子に刻まれているかのような記憶があって、たぶんそれは、本能に近いもの。キリスト教のイメージをあなたが描いたとしても、根源をたどれば、宗教を超えたところから出てきたものなのかもしれません」

　不思議そうに聞き、彼女は素直な感想を口にする。

「あなた、かしこい人だね。美人で若くて、才能もある。ご両親がどうしてあなたを受け入れられなかったのか、お家の事情があるんだろうけど、女性であることは恥じたこともないでしょう？」

たぶん、性別に不自由を感じたことがないのは幸運なのだろう。

「私の父が神父だったのは聞いてますよね？　父が母と結婚したのは、一度の過《あやま》ちのせいだったとか。父は責任を取って還俗《げんぞく》したわけで、それを、自分の信仰心の弱さだと思ったんでしょうね。その弱さの証拠が私。父にとっての罪そのものです」

人間に原罪をもたらしたのは女。そういう考え方だった時代もある。

「それがあなたにとっても罪なんですか？」

「〝呪われた絵〟を見て、そう思いました。償《つぐな》わなければと。だから私は、女に見えないままでいようと思います」

稔はまだ、父親に縛られているのだろうか。しかし、抑圧されているような怯《おび》えも動揺もなく、落ち着いて見えた。口調は静かだけれど理路整然としていて、誰に押しつけられたものでもない強い意志で、自分を罰しようとしている。

女であることを償う？　本気でそんなふうに思っているのだろうか。千景には理解できない。神父でいられなくなったことを、たとえ父親が罪だと感じたとしても、それは父親の罪であって、稔を罰する神なんていないのに。

「もっと他に、罪悪感をおぼえるようなことがあるんじゃないでしょうか」

透磨が言う。西之宮画廊の社長室で、千景は此花統治郎の絵を検分する。市場に出回っている絵を、透磨が買い取ることがある。それをまた、人に売るのだが、念のために鑑定する。いつもは鈴子の仕事だが、このごろはときどき、千景に任される。

確かめた絵をきちんと額に戻しながら、千景は稔に会ったことを話していたところだ。

「他に？　どんなこと？」

「それはわかりませんよ。彼女が心に秘めていることですから」

その秘密は、絵に現れているかもしれない。彼女の絵は、純粋に心の内を表現しているように思われる。画面を覆《おお》うように伸びる茨、その奥に見える世界。稔は茨に閉じ込められ、外の世界を眺めていたのだろうか。そうして、宗教的な図像を使い、表現したかったのは何なのか。

「ところで、このあと食事に行きませんか？」

考えていたことが、一気に消え失《う》せた。透磨はたぶん、さらりと言ったことなのだろうけれど、なぜか千景は、このごろ身構えてしまう。

「えっ、食事？」

「何か用でも？」

透磨と過ごすことが、最近増えた。ふたりで会うことはもちろん以前からあったけれど、用事も目的もなく誘われるようになった、ような気がするのだ。

「ううん、何もないけど、おばあさんがご飯を用意してるかも」

「鈴子さんには言ってあります」

自分たちはどういう関係で、透磨はどう考えているのだろう。

彼を慕っていた幼いころを思い出し、お互いの距離も以前とは変わったように感じている千景だが、それでいいのかどうかよくわからない。

わからなくても、自分が断らないのはわかっている。

「ならいいわ」

そっけない言い方になってしまう。

「カゲロウさんもいっしょですから」

「そ、そうなの」

ふたりだけじゃないし、意味もなく誘ったわけでもないのだ、と思うと、肩に入っていた力が抜ける。ほっとしているのと同時に、がっかりもしているような気がする。

「カゲロウさんから話があるそうで……」

言葉をさえぎるように、そのとき携帯電話が鳴った。透磨の携帯だ。電話に出て、彼は何やらやりとりしていたが、スピーカーにしてテーブルに置く。電話の向こうから聞こえてきたのはカゲロウの声だった。

「千景さんもいっしょですか？　ならちょうどよかった。実は、カラヴァッジョの『聖母』だという絵が売られているのを見つけたんです」

美術品は、盗んでもそう簡単には売れない。盗まれたものだとすぐにわかってしまうし、闇《やみ》での取引では、本物だと証明するのが難しい。盗難品は持て余して破棄されるか、転売されても正しく価値が伝わらずに、破損、処分とこの世から消えてしまうことも少なくないのだ。そんな中で、カゲロウはネットの裏から本物らしい情報を引っ張り出してくる。

しかし今回は、本物をさがすわけではなく、眉唾《まゆつば》な情報があふれる中、似たり寄ったりのゴミクズから、目当てのゴミをさがし出したのだ。きっと難しかっただろう。

「売り手の拠点が日本で絞って調べたんですが、かつて土橋邦宏《くにひろ》が所有していたという来歴を載せていたので、売り手と連絡を取ってみたんです」

「反応はあったんですか？」

「ええ、美術商、と自称していましたが、絵画に関しては素人《しろうと》っぽい様子でした。それでいて、闇サイトには慣れているのか、追跡されないように考えられていましたし、こちらの素性《すじょう》をさぐるような痕跡《こんせき》もありました。そのことを今日、西之宮さんと千景さんに会って話すつもりだったんですが、急に状況が変わりました」

それで、電話をしてきたようだ。

「一時間前、突然、相手と連絡が取れなくなったんです。絵画の情報もすべて消去されています」

「あやしまれたんですか?」

「いえ、おそらく、上客が現れたのではないかと」

カラヴァッジョの真作だという、とても本物とは思えないような情報に食いついた人が他にもいるというのか。

「調べたら、どうもプラチナ・ミューズ画廊の別アカウントなんですよね。社長の矢神《やがみ》さんは外出中で、もしかしたら相手と接触するかもしれません」

矢神は、市の中心部にある高層ビルに、店を構える新進気鋭の画商だ。老舗《しにせ》の西之宮画廊にすればライバルだが、客層が違うのであまり競うところはないらしい。しかし、矢神は図像術に興味を持っていて、千景がそういった絵について調べていると、何かと接点が出てきてしまう。面倒くさい相手なのはたしかだった。

しかし、矢神がどこで相手と会うのか、何もわからない。

「わかりました。ではこちらで調べてみます」

電話を切ると、透磨はすぐまた誰かにかける。相手は瑠衣だ。

「瑠衣さん、お願いがあります。プラチナ・ミューズ画廊に、顧客のふりをして電話をしてくれませんか？　矢神のスケジュールをさぐってください」

「顧客？　っていっても、上得意でもないと相手にされないよ」

すると透磨は、千景でも知っている有名女優の名をあげた。

「絵画のコレクターです。最近、プラチナ・ミューズにも出入りしているらしいので、どうでしょう？」

「うーん、なんとかやってみる。透磨くん、もしかしてそのお得意さん、取られたの？」

透磨はちょっと気に障《さわ》ったに違いない。はっきりと聞き流す。

「では、お願いします」

口が達者で辛辣《しんらつ》な彼が、反撃できないのは、たぶん瑠衣と鈴子くらいだ。

「OK、ちょっと待っってて」

一旦《いったん》電話が切れる。しばらく待つと、折り返しの電話がかかってくる。

「矢神は十八時に、ポートサイド・ホテルで商談なんだって。掘り出し物かって訊《き》いたら、社長の個人的興味だろうって」

とすると、ますます、あやしげなカラヴァッジョの持ち主と会う可能性を感じる。

「今はジムに行ってるみたい。商談前にリフレッシュ？」

「苛立つタイプですね」

透磨は本気でつぶやく。

「あたし、今からジムへ行って、ちょっと足止めしておくよ」

「それは助かります」

瑠衣は、透磨のこのあとの行動をわかっていたのだろう。千景はまだよくわかっていなかった。商談を覗《のぞ》き見するのだろう、というくらいにしか、想像できなかったのだ。


タクシーをつかまえ、千景と透磨はホテルに到着する。商談の時間にはまだ間があり、ロビーやラウンジを確認しても、矢神の姿はなかった。

「瑠衣さんはどうやって矢神さんを引き留めてるのかしら」

「色っぽいインストラクターにでもなっていることでしょう」

矢神の、計算高くて神経質そうな印象からすると、そんな単純な手で大丈夫なのかという気がするが、たぶん瑠衣なら上手《うま》くやれるのだろう。

「商談はラウンジ？　予約席かしら。近くの席を確保しておくの？」

矢神に顔を見られないよう、変装したほうがいいのではないか、などと千景は考えていたが。

「いえ、商談は客室でしょう。人目につかない場所のはずです」

それでは相手の顔も絵も、確認することができないではないか。しかし透磨は、ひとりフロントへ進んでいく。話をして戻ってくると、千景に耳打ちした。

「相手方は、カゲロウさんに名乗っていた偽名で部屋を取っています。待ち合わせだと言ったら、部屋番号を教えてくれましたよ」

ここで矢神と会うのは、カゲロウが見つけた絵を売るという人物で間違いないようだ。そうして、あとから人が来ることをフロントに告げていた。矢神はまだ来ていない。

「まさか、透磨……」

「矢神のふりをして乗り込みます。お互いに、顔も本名も知らないはずです」

「でも、もしも矢神さんが早く来てしまったら」

「相手の顔と、絵の現物を確かめる時間があればいいんです。千景さん、もし矢神が来たら、適当に話しかけて、足止めしてください」

「ええっ、でも」

千景が戸惑っている間にも、透磨はエレベーターに乗り込んでしまう。どうしようもなく、ロビーで待つしかなさそうだった。

透磨がフロントで聞いた部屋にいたのは、三十代くらいの男性だった。相手はひとりだけで、スーツを着ていたが、着慣れない感じでネクタイもなく、無精ひげを生やしている。とても高額の絵画取引ができそうな相手には思えなかった。

お互い名乗ることはなく、挨拶《あいさつ》もなく、透磨が部屋へ入ると、相手はまず言う。

「金は持ってきたか?」

いったい、矢神はいくらで交渉したのだろう。本物のカラヴァッジョだったら、ひとりで現金を運ぶことなどとてもできない。

「絵を見せてください」

「買う気がないなら見せない。そう言ったはずだ」

「見ずに買うつもりはありません」

さすがに矢神も、そんな約束をしたわけではないと思い、透磨はきっぱりと言う。

カラヴァッジョだという絵はここにあるのかどうか、部屋を見回してもそれらしいものはない。クローゼットか、それともバスルームにあるのかもしれないが、実は持参していないとか、そもそも存在しない可能性もある。

「それに、この商談を逃すのは、あなたにとっても損失では？」

売るのを急いでいるようだった。でなければ、カゲロウと矢神とを上手く利用して、値段を上げることもできたはずだ。とりあえず、高く売れそうなほうを選んだように思える。

「見れば呪われ、不幸になる。そんな絵があるのは知ってるだろう？　おれのは本物だ」

「あなたは見たんですか？」

「おれは呪われたくなんかない」

気が抜けたように笑う。落ち着きなく部屋を横切り、冷蔵庫から取り出した缶ビールをあおる。飲むかと身振りで示すが、透磨は断る。

「持ち合わせはこれだけです。手付金ということでいかがです？」

透磨はコートの内ポケットから封筒を出す。厚みだけ見せて、またしまう。相手は、それだけでも興味を持ったのか、椅子に腰を落ち着けた。

「どこで入手しました？　土橋邦宏のコレクションだったものだそうですが。なぜ正規のルートではないいんですか？　盗難品ですか？」

相手が口を開く前に、こちらから質問をぶつけることにする。

「土橋が死んで、あらゆるゴミといっしょに捨てられそうになってたのを拾っただけだ」

拾ったのは駒川稔だ。それとも、もう一枚存在したのだろうか。

「あなたがその絵を、カラヴァッジョだと思ったのはどうしてなんです？」

「土橋がそう言っていたから」

絵はなかなか見せないが、質問には素直に答える。

「知り合いだったんですね。どういった関係で？」

「どうでもいいだろう」

男は缶ビールを一気に飲み干すと、テーブルに置いてあったパソコンの画面をこちらに向けた。

画像が映し出されている。暗い画面に女の青白い顔が浮かびあがる。女は天を仰ぐような姿勢で椅子に腰かけていて、ほどけた髪が肩にかかり、閉じたまぶたからは一筋の涙がこぼれ落ちている。

「これは……、見ずに撮影したんですか？」

手間がかかるが、そう難しくはないだろう。

「ああ、写真に呪いの効果はないらしいからな」

似た構図の、カラヴァッジョの有名な絵画が、透磨の頭に浮かんだ。『法悦のマグダラのマリア』だ。キリスト教美術では、懺悔《ざんげ》の象徴である聖女が、マグダラのマリアだ。キリストに出会い、娼婦《しょうふ》だったという罪深い過去を悔い改めたとされている。きらびやかな衣装や宝石をまとった、悔悛《かいしゅん》前の姿で描かれることもあるが、カラヴァッジョは、リアルな女性像で表現し、映画のシーンを切り取ったかのような情感的な場面にした。彼女の魂《たましい》は、地上を離れてキリストに救われた至福の中にある、と同時に、自分の罪も深く悔やんでいる。カラヴァッジョの傑作は、画布の前に立つ者を引き込み、マグダラのマリアとともに心打ち震えるような体験をもたらす。

しかし、パソコンの中の画像は、構図が似ていても印象はまったく違っていた。粗っぽい画像だということを差し引いても、画力に天と地ほどの差がある。

それでも、画像の絵に描かれているものを頭にたたき込もうと、透磨は注視した。

苦悩と解放の表情を一枚の絵で表したカラヴァッジョの作品とは違い、哀《かな》しみだけが漂っているようだ。マグダラのマリアを象徴する骸骨《がいこつ》はない。それも当然だ。これはマグダラのマリアではなく、宗教画だとするなら聖母子だろう。女は、布にくるまれた赤子を膝《ひざ》に抱いている。

涙ながらに天に祈る彼女は、罪に苦しんでいるのだろうか。稔が土橋のところで拾ったものがこの絵なら、彼女はこれのどこに呪いを感じ、何を悔やんでいるのだろう。

「本当にこれが、カラヴァッジョですか？」

図像術があるかどうかは、千景でなければ判断できないが、どのみち画像では見極められない。

相手は淡々《たんたん》と返す。

「ああ、本物だ」

「とてもそうは思えませんが」

「それは、値切るつもりなのか？」

「この絵が〝呪われている〟という根拠はあるんですか？」

「どれだけの人間が不幸になったか。これは間違いなく呪われてるよ」

男はおかしそうに笑った。と思うとまた表情を消して立ち上がり、窓辺に移動する。透磨はこっそりと、ベッドの下に視線を移した。

さっきから、そこにちらりと見えるものが気になっていた。筒状に巻かれている、カンバスのように見えるものだ。むき出しなのはさすがに、絵画を持ち歩くには問題だが、彼はよほど無頓着《むとんちゃく》なのか。

携帯が鳴る。男はポケットからスマホを取り出し、窓の外に視線を向けたまま電話に出た。

こちらに背を向ける格好だ。透磨は、さっと身をかがめる。ベッドの下に顔を近づけて覗き込むと、やはりまるめたカンバスのようだ。

もう少し、引き寄せて確認したい。そう思う気持ちを抑えきれず、手をのばす。

はっと気づいたときには、男が電話相手と話す声が途切れていた。振り向こうとした透磨の目の端に、すぐそばに立つ男が映る。彼が振り上げた電気スタンドが目に入ったときには、頭に衝撃を感じ、視界が真っ暗になった。


気を失いそうになったのは一瞬で、すぐに身構えたつもりだったが、数分は経っていたようだ。男はもう、悠々と肘《ひじ》掛け椅子に腰を下ろし、透磨の上着のポケットにあったものを物色していた。

「ふうん、画廊の社長さんなのか」

名刺を見つけてそう言う。透磨は両手首に結束バンドを巻かれていて、手を出せない。

「ほら、絵を見たら悪いことが起こるだろう?」

彼はふざけたように肩をすくめる。しかし透磨はまだ、実物を見ていない。

「絵がほしいなら、金を払ってもらわないとな。こんなはした金じゃ足りない」

と、封筒をもてあそぶ。

「部下に持って来させろよ。それで売買成立、でどうだ?」

「いくらで売るつもりなんですか?」

「三億」

「冗談でしょう」

「本気だよ。安すぎるかな?」

カラヴァッジョなら安すぎる。

「見せてもらえないと、商談はできません。見せたら偽物だとわかってしまうからですか?」

「違う。あんたが呪われたら、まともな商談ができなくなる。だからまず金だ」

絵を見たという駒川稔は、まともに見えたが、一方で下村は死んだ。いったいどういう図像術なのか。本当に術があるのだろうか。

「……下村丈二《じようじ》は、本当にその絵を見て死んだと思いますか?」

この男が、下村とつながっていたのかどうか、確かめるために透磨はそう言った。とたん、男は顔色を変えた。激高したように、いきなり透磨につかみかかる。防ぐすべもないまま、殴られることを覚悟したとき、備え付けの電話が鳴った。

はっと我に返った男は、透磨から手を離し、警戒したように電話を凝視していたが、結局出ることにしたようだ。

無言のまま電話に出た彼の向こうで、誰が何を言っているのか、透磨にはよくわからない。しかし、彼にとっては不愉快な電話だったようだ。

急に受話器を置くと、男は急いで絵を抱える。透磨のことはもう視界にも入っていない様子で、勢いよくドアを開けると逃げるように出ていった。

＊

病院の廊下で、千景は泣きそうになるのをこらえてうつむいている。たかが絵のことで、透磨を危険な目に遭わせてしまったのだ。

大した怪我《けが》じゃない、と聞いても、ホテルの部屋で血を流していた彼を見たときの、心臓が止まりそうだったほどのショックは消えない。

「千景ちゃん、もういいよ」

病室のドアが開いて、中から顔を出した京一が言った。彼の上司に当たる、見覚えのある刑事が、千景に会釈《えしゃく》して部屋を出ていく。事情聴取が終わって、京一に招き入れられて病室へ入ると、透磨は頭に包帯を巻いていたが、いつもの涼しい顔だった。

「あなたに心配される日が来るとは。これまでの僕の気持ちがわかりましたか？」

「な、何よ。あんなに血が流れたのに口は減らないのね」

「それより、阿刀が僕を見たとたん、青くなって卒倒しそうになったのにはムカついたね」

「もう死んだと思ったよ」

「それでよく、警察官が務まるな」

「僕が来なきゃ、本当に死んでたかもしれないんだよ」

「まったく、きみに助けられるなんて一生の不覚だ」

透磨自身、京一が血を見て卒倒しそうになり、千景が悲鳴を上げるまで、電気スタンドで殴られた怪我には気づいていなかったらしい。後頭部が切れたため、背中を真っ赤に染めた血は見えなかったのだ。なんだかベタベタする、とだけ思っていたという。

千景はおそるおそる、ベッドのそばまで歩み寄る。

「絵なんて、どうでもいいのに」

ほっとしているのと、自分のせいだという思いとで、泣いてしまいそうなのをこらえると、怒ったような顔になってしまう。

「どうでもよくはないですよ。あなたから美術を取ったら何もない」

「失礼ね。そっちだって」

むっとしながら言い返すと、透磨はやさしく目を細めた。そんなふうに見つめられ、動揺した千景は、目をそらすのが精一杯だった。

あのときホテルで、客室に電話をしたのは京一だ。透磨がなかなか戻ってこないので、千景は心配になっていたところだった。

京一が来たのは偶然ではなかった。下村が転落死する少し前、ポートサイド・ホテルで置き引きを繰り返していたのではないかとの情報を得ていたのだ。ホテルで何度か置き引きがあり、警察にも届けが出されたため、防犯カメラを調べていたところ、窃盗《せっとう》の場面は映っていなかったが、近くにいつも下村が映っていたのだ。と同時に、毎回、彼と接触する人物もいた。

ホテルでの置き引きが、死んだ下村の単独犯でないなら、共犯者を見つけなければならない。京一は聞き込みに訪れたところだった。

そうして、京一の姿を見つけた千景が、客室の様子を知りたいと話したところ、さぐりの電話を入れてくれたのだ。

警察だと名乗っただけで切られたため、様子がおかしいと部屋へ踏み込んだところ、血だらけの透磨がいたというわけだ。

矢神は、ホテルへ来たのかどうかよくわからない。来ていたとしても、取引相手はもういなかったわけだし、パトカーも横付けされているしで、何かを察して引き上げたことだろう。

「あ、電話だ。ちょっとごめん」

京一が病室を出ていくと、透磨はあらたまったように言った。

「まあでも、収穫はありましたよ。千景さん、あの男が持っていた絵は、土橋氏が死ぬまで手放さなかったものだということでした。土橋氏自身が、カラヴァッジョだと言っていたそうですが、カラヴァッジョの真作かというと、かなりあやしいです」

絵画の話になれば、千景は素早く頭を切り替えている。透磨が怪我をしてまで確かめた絵のことだと思うと、話を聞くにも集中した。

「駒川さんが拾った絵は、強盗犯といっしょに落ちて、見つかっていないのよね。それをあの男は拾ったの?」

「相手は、土橋氏の住居のゴミから拾ったと言いましたが、駒川さんが絵を持っていると調べたからこそそう言ったんだと思うんです。たぶん、あの男は、下村が死んだとき近くにいた。そうして、絵を手に入れたのではないでしょうか。構図は『法悦のマグダラのマリア』をまねたかのようですが、赤子を抱いた女の絵です」

「『法悦のマグダラのマリア』は、カラヴァッジョが当時、複数枚描いたらしいけど、その構図で聖母マリアを描くなんてことは考えにくいわね」

「ええ。なのにどうして、土橋氏は、それをカラヴァッジョだと言ったのか」

土橋は、カラヴァッジョに感銘を受けたという。ならば、画家について詳しく調べていたはずだ。

「カラヴァッジョは、殺人犯として追われていた放浪の生活の中で、思い入れのある絵だけを、死ぬまで持っていたわ。そのうち一枚が、『法悦のマグダラのマリア』だというから、なんだか、土橋さんの人生と重なるわね」

「人を殺した罪への懺悔の気持ちを、カラヴァッジョは、『法悦のマグダラのマリア』に込めたという説もありますが」

「そういえば駒川さんも、罪のある人へ罰を与える呪いだと言ってたわね」

「土橋氏も何か、罪悪感を抱えて、懺悔の気持ちで『法悦のマグダラのマリア』に似た絵を持ち続けていたんでしょうか」

しかし、マグダラのマリアではなくて、母子の絵なのだ。図像学的にも、懺悔の象徴はマグダラのマリアであって、聖母子ではない。

「西之宮、写真を見てくれるか？　今届いたんだ」

病室へ戻ってきた京一が、スマホの画面を透磨に示す。映っているのは、防犯カメラの画像のようだ。さっき、ホテルの部屋から逃げ出した男の姿だ。同じ人物が、フロントやエレベーターにいるところも映っている。

「きみを襲ったのは、この男に間違いないか?」

「ああ、間違いない」

「こっちの画像はどうだ? 同じ人物だと思うか?」

別の日のものだろう。地下駐車場の片隅で、男がふたり立ち話をしている。ひとりは黒っぽい服装で、帽子をかぶっている。もうひとりは、スーツ姿だ。

「これは強盗事件の一週間前なんだけど、スーツを着てるのが下村丈二だ。もうひとりは、たびたびここで下村と接触していた」

置き引き捜査の防犯カメラ画像だろう。下村の共犯ではないかと疑われているのが帽子の男に違いない。

「同じ人物だ」

透磨は断言する。京一は神妙な顔で頷いた。

「この男は、数年前に、ホテルに出入りするクリーニング店で働いていた。名前は、家田《いえだ》史季《しき》、三十四歳、現在は無職。土橋邦宏の息子だ」

「息子? 土橋さんには息子がいたの?」

「彼が九歳のときに、両親が離婚している。土橋が破産して、母親に引き取られたものの、高校を出てからは家と距離を置いていたようだ。母親も旧友も、史季の行方を今も知らないらしい。家を出た彼は、配送の会社に就職したものの、数年で辞めて仕事を転々としてる」

「史季は、父親と交流があったのか？　少なくとも、土橋が死んだら、部屋のものを処分できるのは、史季ってことになるが」

「交流はわからない。あと、土橋は自分の死を意識して、生前に荷物の処分をしていた」

稔は、死後の清掃であるかのように話していたはずだ。思い違いなのだろうか。

「じゃあ、亡くなったときには、遺品も何もなかったの？」

「うん、まったくね」

「駒川稔さんが、土橋の部屋を掃除したのは生前で、依頼人は遺族ではなくて本人だったのか」

「そうなるね」

部屋の中のものは、すべて処分するという契約になっていたのだろう。そして彼女は、土橋にもその息子にも確認することなく、絵を持ち帰った。

「土橋氏は、自分のことで息子に連絡が行くのを避けたかったのか」

「かもしれない。アパートの保証人は土橋の実姉で、その人が遺体を引き取ったらしいからね」

「それでも息子さんなら、土橋さんの絵画コレクションを子供のころに知っていたはずよね。彼が下村に情報提供していたと見ていいでしょう?」

千景の意見に透磨は頷いた。

「そうだ阿刀、下村のところにあった、盗難届が出ていたという絵だけれど、鑑定の結果、本物だったよ。かつて土橋が所有していたのは確認できたし、二十五年前に知人に売ったのも間違いない。その知人の家から盗んだのは下村だろう」

京一は、素早くメモをする。

「絵画コレクターの父親を見ていて、史季はいくらか知識も持っていたってことか」

「知識というより、子供だし、単純に高価なものだって聞いておぼえてたんだろうな。相手の家も、土橋家と親しくしてて、記憶に残ってたんだろう」

カラヴァッジョにしても、土橋が息子に、有名な画家の作品だとか、〝呪われた絵〟だとか話したのだろうか。それが冗談だったのか、本当だったのか、千景はまだ判断できないが、息子にとっての絵画の情報は、父といっしょにいた九歳までで止まっているのだ。

「家田史季はすぐにつかまるよ。じゃあ僕は署に戻らないと」

「お疲れ」

透磨にねぎらわれるのはよほどのことなのだろう、京一は大きくまばたきをしたが、すぐにうれしそうな顔になって、足取りも軽やかに出ていった。

「それじゃあ、千景さん、送りますよ」

見送って、透磨は言う。

「えっ、何言ってるの？　怪我人でしょ？　入院中でしょ？」

「好きなときに帰ってもいいと言われています。泊まってもいいそうですが、あまり寝心地がよくないので」

ベッドから下りようとするが、頭に巻いた包帯は目立つし、病院着だし、いかにも患者だ。

「痛くないの？」

「ええ、鎮痛剤が効いているので。着替えるんですけど、見てますか？」

「えっ！　み、見ないわよ！」

千景はあわててカーテンを閉め、背を向けた。

「……服、血まみれじゃないの？」

「看護師さんが、そこの量販店で買ってきてくれました」

「ふうん、親切なのね。若い人？」

どんな看護師さんだろう。ナースステーションにいたのは、若くてきれいな人ばかりだったような気がする。かすかな苛立ちは何なのか、千景はわからないままに眉をひそめている。

「母親くらいの歳《とし》のかたです。家族がいないと話したら、着替えを届けてもらえないだろうと気の毒に思ってくれたみたいで」

苛立ちが急にしぼむと同時に、恥ずかしくなった。透磨には、家族がいないのだ。知っているのに、千景はあらためて、透磨の孤独に思い至っていた。

この前、義理の母だった人に会ったと話してくれたとき、いつになく柔らかい表情をしていた。周囲には信頼できる人がいて、家業を堅実に継いでいる。親しい人にも囲まれている。それでも、家族のいない孤独が埋まることはないのだろう。

千景も子供のころから孤独を味わってきたけれど、鈴子がいる。祖父母がいて、どれだけ救われたことか。

「家族みたいなものじゃない。此花家とは」

「まあそうですね」

カーテンの向こうで、彼がどんな顔をしているのかわからない。

統治郎は、透磨を千景の結婚相手にと考えた。それは単に、千景の理解者を得るためだったのではなく、透磨に家族を与えたかったのかもしれない。

統治郎も鈴子も、透磨を家族のように思っていると、伝えたかったのではないか。

千景はただ、許婚《いいなずけ》という言葉に反発を感じてきただけだった。透磨にとって自分がどういう存在なのか、どうなりたいのか、まだよくわからないのだ。

透磨も、それに気づいている。

大人になるには、時間がかかる。スキップで大学を出て、とっくに一人前のつもりでも、彼との年齢差は、積み重ねた時間は大きく違う。

背が伸びても、頭に知識を詰め込んでも、口が達者でも、彼は千景を、まだ大人の女性として扱えないことに気づいている。

だから、あれからキスもないし……。

「それじゃあ、行きましょうか」

カーテンが開く。透磨はさっさと部屋を出る。その背中に、いつになったら千景は追いつけるのだろうか。

4

天使のささやき

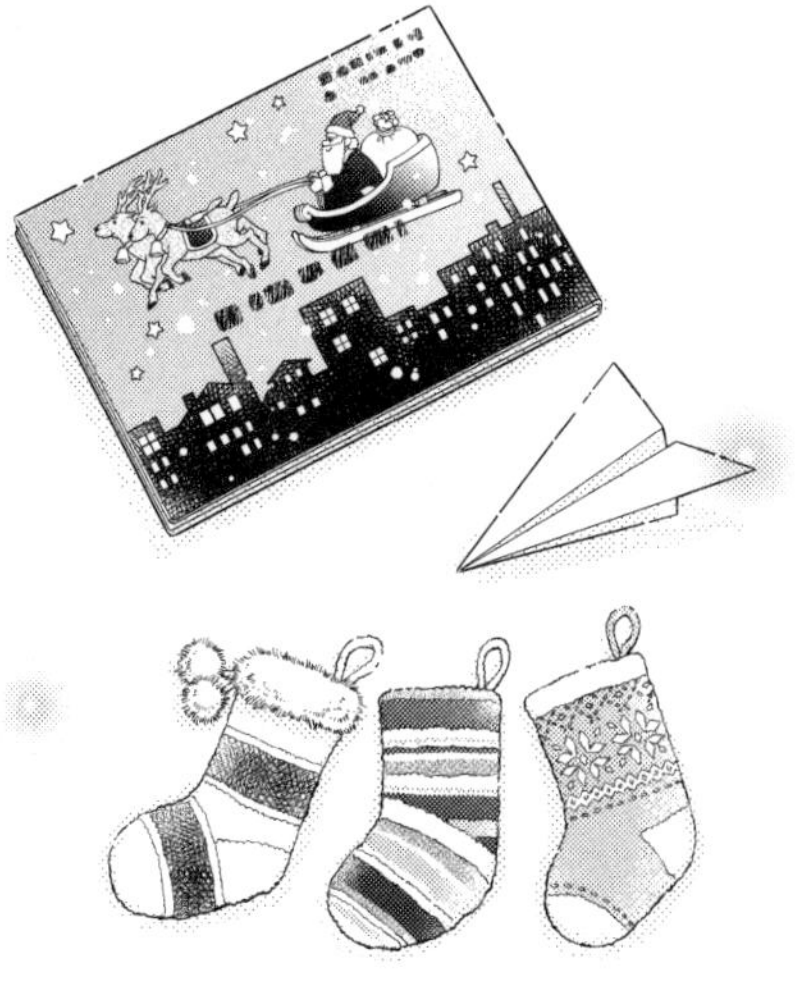

家田史季《いえだしき》の母親は、板についた和服姿と笑顔で、次々にやってくる客を迎え入れていた。和風旅館のたたずまいと、鉄筋コンクリートが融合した大きな旅館だ。透磨《とうま》は彰《あきら》とふたりで、そこへやってきたところだった。

史季の実家はすぐにわかった。京一《きょういち》が口を滑らせたからだ。もちろん彼も、職務上言ってはいけないことは言わない。ただ透磨は、京一から断片的に聞き出す方法を知っている。無関係な問いや雑談から、キーワードを引き出していくうち、だいたいのことはわかる。子供のころからそうやって、京一の秘密を握ってきたのだ。

京一が最近淡路島《あわじしま》へ行ったこと、千景《ちかげ》に渡したお菓子の店名、史季がホテルでの置き引きを指南したのは、ホテルに詳しいからだと言ったこと。

淡路島のホテルを調べれば、家田という名前の経営者がいる旅館が見つかった。そうして透磨は、彰とともに訪れたところだ。

旅館は、史季の伯父《おじ》が経営していて、その妹である母親が手伝っている。土橋《どはし》と離婚して実家に戻り、その後はここで、実家の旅館を支えているらしい。史季も高校を出るまでここで育ったようだった。

史季のことで話を聞きたいと伝えると、透磨たちは別室に通された。和の雰囲気を残した部屋には、立派な応接セットが置かれ、平山郁夫《ひらやまいくお》の版画が飾られている。

「なんで俺が付き添いなんだ？　千景ちゃんを連れてくればいいのに」

千景は急に、〝呪われた絵〟を追うのはやめたいと言い出した。透磨が怪我《けが》をしたことにショックを受けているのだ。

しかし、本心では、図像《ずぞう》術かどうか確かめなければならないと思っているはずだ。透磨としても、実物を見てみたかった。ここでやめるわけにはいかないのだ。そうして、彰を連れてきたのは、彼にしかできないことを期待しているからだった。

「人を見てほしいんですよ。土橋や史季の過去や人となりを、家田さんの話から感じ取れるでしょうから」

ふうん、と彰はつぶやき、出されたお茶菓子を口に運ぶ。

「お待たせしました」

間もなく現れた史季の母親は、硬い表情で頭を下げ、開口一番に問う。

「息子が何か、ご迷惑をおかけしましたでしょうか？」

透磨は立ち上がり、名刺を差し出した。

「息子さんが持っているという絵画のことで、伺いました」

ここにも警察が来ているはずだが、息子の容疑については聞いていないのだろう。透磨への傷害以外にも、彼はいろんな事件に関与していそうだ。警察は、まずは彼の行方を突き止めることに力を注いでいるはずだ。

「絵画、ですか?」

まったく想像していなかったのだろう、呆気《あっけ》にとられている。

「土橋邦宏《くにひろ》さんは、前のご主人ですよね。彼が、カラヴァッジョの作品を所有していたというのは本当ですか? それを、息子さんが今はお持ちだとか」

西之宮《にしのみや》画廊《がろう》の名刺を眺めながら、母親は困惑を浮かべていた。

「土橋と結婚していたのは、もう二十年以上前のことですし、息子は、土橋の絵など持っていないはずです。土橋はたしかに、絵画を集めていましたが、会社が倒産したときにすべて手放しました。手元に残すことはできなかったはずで、史季もまだ子供でしたし、わたしたちはすべて失って離婚し、ここへ戻ってきたんです」

座るように勧めた史季の母親は、自分もソファに腰を下ろす。透磨の隣にいる、派手な服装の男を不審げに見る。透磨は彰のことを、カラヴァッジョの購入を希望している客だと紹介した。

「土橋さんが亡くなったとき、一枚だけ絵を所持していたそうです。それがカラヴァッジョだとか。家田さんは、ご覧になったことがございますか?」

「いいえ。でも、あれは偽物《にせもの》です。カラヴァッジョだなんて、手に入るわけがないんです」

彼女はきっぱりとそう言った。

「でも、土橋さんはカラヴァッジョだとおっしゃっていたんですよね？」

「彼は、学生のころイタリアに留学したことがあるそうです。そのとき、不思議な出来事に遭遇して、それからカラヴァッジョが気になるようになったとか」

「不思議な出来事、ですか？」

史季の母親は、記憶をたどりながらゆっくりと話し始める。それは、留学中の土橋がナポリを訪れ、体験したことだった。港で絵を描いていた男に声をかけられ、他にも絵を見せてくれるというのでついていったという。男の家には地下室があり、たくさん絵が置いてあった。それらはどれも画風が違っていて、彼が描いたものばかりではなさそうだった。有名な絵もあると男は言い、壁に掛かる大きな絵を指さした。教会にあるような、巻物を持つ天使と聖母子の絵だったという。立派な絵だったので、誰が描いたのかと土橋が問うと、男は「カラヴァッジョの、『聖誕』」だと答えた。

そんな有名な画家の絵が、薄汚れた地下室にあるわけがない。コピーだろうと話半分に聞きながら、すばらしいとほめると、彼はもう一枚を棚から取り出し、これもカラヴァッジョだと土橋に見せた。暗闇《くらやみ》に浮かびあがるような、白い顔の女が死人のようで、気味が悪いと思ったのと、知らない男の地下室にいることが不安になってきて、土橋は急いで帰ったのだという。

　それから土橋は、白い顔の女が忘れられなくなった。なぜなのか、自分でもよくわからないと言っていたらしいが、その後カラヴァッジョについて調べてみたら、あのとき見た、天使のいる母子の絵は、何年か前に盗難に遭ったまま行方知れずだと知ったという。

　あの地下室にあったのは、まさか本物の。

　ナポリのまぶしい日差しが届かない、暗い地下に隠された絵が、救い出されるのを待っているかのように感じた土橋は、何度かナポリを訪れてみたが、絵描きの男も地下室のあった家も見つけることはできなかった。

　それからも彼は、あのときに見た女の絵が頭から離れず、画廊に足を運んだり、気に入れば購入するようになった。絵画に興味を持ったというよりは、忘れられない絵の情報を得るために、詳しい人たちとつながろうとしていたようだ。あのときの絵がどこかで売買されているかもしれないと、あやしい情報源にも接触するようになったという。

　やがて、どこからか手に入れたという一枚の絵を、とくべつにつくった地下室の、厳重な扉の奥に飾り、時折眺めていたそうだ。家族もそこに立ち入ることはできなかった。

「息子さんも、絵を見たことはないいんですね？　カラヴァッジョだとは聞いていたんでしょうか？」

さあ、とつぶやく史季の母親の、白い額《ひたい》には、苦悩のしわが現れている。

「でも、とても貴重な、高価な絵だとは話していたようです」

子供だった史季は、信じたのだろうか。父と離れたまま、そのときの記憶のままに、今も信じているのか。

「息子は、土橋が絵を追い求めたことで、自分が捨てられたかのように感じていました。何より大事にしているあの絵を売れば、破産せずにすんだかもしれないし、家族はバラバラにならなかったと思うのでしょう」

父親が、何もかも、家族まで失っても、古いアパートでその日暮らしをしていても、一枚の絵だけは手放さなかったなんて、史季にとってはうらめしいことだったに違いない。

「その絵を、土橋さんは〝呪われた絵〟だというようなことをおっしゃってましたか？　あるいは、罪に罰《ばつ》を与えるというようなことを」

彼女は意外だったのか、驚いた様子だった。

「呪われた……？　そんな話は知りませんが、彼にとって母親を思わせる絵なのだろうとわたしは思っていました。土橋の母は、彼が幼いときに亡くなっているそうです。顔もおぼえていないと聞いたことがあります」

だとしたら、母親との薄い縁が、土橋と母子の絵を結びつけたのか。

「史季さんの居場所はわかりませんか？　頼りそうな人とかは」

「高校を出てから、一度も戻ってきていません。連絡先も、交友関係もわかりません」

母親は、事実として告げる。その内面にはきれいにふたをしている。

「土橋さんと史季さんは、会うことはあったんでしょうか」

「なかったと思いますよ。土橋が亡くなったことを、史季はしばらく知らなかったんです。たまに、お金の無心のために旅館へ電話してきて……、そのときに伝えたら初耳だったようで」

それで、〝カラヴァッジョ〟の行方が気になったのだ。

土橋が住んでいたアパートをさがし、そこに入った清掃会社のスタッフを調べ、駒川《こまがわ》稔《みのり》を突き止めると、下村《しもむら》に話して、絵画を盗ませようとしたのだろうか。

絵を手に入れることができたのだから、下村が死んだとき、史季が近くにいたのは間違いない。少なくとも、下村が駒川家に盗みに入ることは知っていたはずだ。

史季にとって、土橋の〝カラヴァッジョ〟は、ただお金を得るためのものなのか、それとも父親とのわだかまりに、折り合いをつけるためのものなのか。それによって、史季の今後の行動も変わってくるだろう。

「そういえば、そのとき息子に、土橋が通っていた病院はどこかと訊《き》かれました」

史季はそこへ行き、土橋のアパートを知ったのだろうか。

透磨たちも、病院の名を教えてもらい、旅館を出た。


「家田史季は、父親に複雑な感情を抱えてるんだな」

旅館のすぐ近くにある海岸を歩きながら、彰が言う。

史季が、絵画を利用して犯罪を引き起こしていることの根源には、父親への復讐《ふくしゅう》のようなものがあるのかもしれない。

「お母さんは心配してるような、そうでもないような。よくわかりませんでした」

「ああ、気にはかけてるが、息子が頼ってこないことはわかってるようだった」

「お互いに、親子の感情はないということですか?」

「感情は人それぞれだ。親子である事実は変わらないからこそ、自分の中で折り合いをつけるしかない。たぶん、どちらも折り合いがついている」

彰がそう感じたなら、そうなのだろう。

「では、史季はここには現れませんね」

母親も居場所を知ることはないだろう。直接絵を見るには、史季を見つけなければならないが、千景はもういいと言っている。

「土橋氏がナポリで見た、白い顔の女の絵は、本物か偽物かはわかりませんが、複数あるといわれている『法悦のマグダラのマリア』だと思います。懺悔《ざんげ》の象徴でもある聖女です」

海風は冷たいが、空は晴れ渡って日差しにあふれている。

「彼が手に入れたのは、それと同じ絵じゃないわけだよな？」

「赤子を抱いているので、マグダラのマリアではあり得ません」

「彼にとっての懺悔が、母親に対するものだったから、か」

「幼いころに亡くなった母親に、土橋氏が懺悔の思いを抱いていたということですか？」

「子供は、何かよくないことが起きると、自分が悪い子だからと思ってしまうところがあるからな。さっきの家田さんは、土橋が母親の死について、自分のせいだと感じていたと思ってる」

「そんなこと言ってました？」

彰は考えながら深く頷《うなず》く。

「呪われた絵とか、罪という言葉を使って、きみが問いかけたとき、家田さんは土橋の母とのことを話した。彼女の中では、ぼんやりとだがつながりのあることなんだ」

透磨が聞き流したことを、やはり彰はとらえている。

「でも、大人になれば、物事を客観的に見ることができます。自分が悪い子だったから母親がいなくなったなどとは思わないでしょう?」

「大人でも、なかなか客観的には見られないよ。そういう意味では呪われているな」

異国の奇妙な体験は、土橋の過去と結びついて強い印象を残した。そうして、なりふり構わず絵を追い求めた。そのとき見た絵と同じものではなくても、理想の絵を手にしたとき彼は、自分の内にある、本来なら隠され忘れ去られるような罪悪感を、画布の中に見出《みいだ》してしまったのかもしれない。

それが、彼の運命を変えてしまった。

「なあ透磨、千景ちゃんは、本気で手を引きたいとは思ってないんだろ? 〝カラヴァッジョ〟が本物でなくても、図像術の絵でなくても、人生を変える絵があるなら、千景ちゃんは知りたいはずだ」

同感だが、千景のことが本当にわかっているのかと、透磨はこのごろ戸惑うことが多い。

「どうでしょう」

「きみの怪我で、彼女を尻込みさせたと思ってるのか?」

「それは、あるかもしれません。僕のために、彼女を変えたくない」

「だけどさ、透磨、きみだって変わってきてる」

「そう見えますか」

「もう、保護者でいたくないならやめればいい」

「千景さんが、保護者でない僕を望むかどうか」

「弱気だな。強引に保護者を気取ってたくせに、それ以上は踏み込めないのか」

保護者だったからこそ、急には変われない。彰の言うように、透磨は千景との関係を変えようとしている。けれど彼女が戸惑っているのもわかる。

「そばにいればいいだけだと、彰は言いましたよね。でも、そばにいることが、彼女の選択を狭《せば》めてしまうことだってあります」

「そばにいる方法は、ひとつじゃないよ」

カモメが空を舞う。風に負けないように、強く羽ばたいている。

透磨は地上で眺めているしかない。

*

整備された埋め立て地にあるミナト総合病院を、千景は訪れていた。鈴子《すずこ》と瑠衣《るい》がいっしょに出かけるというので、千景もついていくことにしたのだ。病院では、小児科の子供たちに絵本の読み聞かせをすることになっている。

毎年この時期に、鈴子はボランティアで訪れているのだという。統治郎《とうじろう》の知人が院長で、絵本を寄付したり小児科の患者と交流を持ったりしていたらしく、鈴子もその縁を大切にしているし、瑠衣も楽しんでいる。

「瑠衣さんは、絵本を読むのが上手なのよ。さすが女優さんね」

「鈴子さんはほめるのが上手だから、あたしもう、張り切っちゃいますよ」

談話室で準備をしながら、ふたりとも楽しそうだ。千景はこの時期、寮暮らしのロンドンでは閉じこもりがちになることが多かった。にぎやかな思い出もないから、病院にさえもツリーが飾られていたりするのを不思議に思う。

「わたしは何をすればいいの？」

「子供たちにこれを配ってあげて」

鈴子が持参した手提《てさ》げ袋には、毛糸の靴下がたくさん入っていた。

「これは？　手編み？」

「ご近所のサークルで編んでくださってるの」

「あ、片方だけ配るんだよ。サンタさんがプレゼントを入れてくれるように、ベッドのそばに掛けておくやつだから」

　サンタクロースは、千景のところに来たことはない。でも、色とりどりの毛糸で編まれた靴下は、希望を詰め込んでくれそうだった。

「ステキね」

「外国のお祭りが、もうみんなの楽しみになっちゃってるよね」

「やさしい気持ちになれる日があるのは、いいことだわ」

　鈴子は微笑《ほほえ》んだ。今年は、やさしい気持ちになれるのだろうか。これまでとは違うクリスマスを意識しながらも、どんなふうに違うのか千景にはまだ想像できない。

　準備ができたころ、看護師さんが病棟の子供たちを連れて、談話室に入ってきた。千景は、並べた椅子《いす》に子供たちを座らせ、瑠衣がにこやかに話を始める。

　絵本を手にしながら、子供たちに呼びかける瑠衣の話術に、朗読前から子供たちは惹《ひ》きつけられている。

　千景は後ろのほうに立ち、みんなの様子を見守っている。と、何かが空中を横切って、千景の足元に落ちた。

　紙を折った飛行機だ。拾い上げると、それにはサインペンで色とりどりの模様が描かれていた。

はっとしたのは、その個性的な色彩や模様が、稔の絵を思い出させたからだ。開いてみようとしたが、ドアのところで、小さな男の子が不安そうにこちらを見ているのに気がついた。

「これ、あなたの？」

近寄って、訊ねる。男の子は首を傾《かし》げているが、何も言わない。

「この絵、描いてもらったの？」

戸惑ったように後ずさる。逃げ出してしまいそうで、千景はあせるが、もしつかまえようなんて手をのばしたら、もっと怖がらせることになるだろう。

千景は子供と接したことがない。どう接していいかわからないのは、自分に子供だったことがあるように思えないからだろう。同じ年頃の子供たちの中で、いつでも孤立していた。

子供のころでさえ、子供と話せなかったのだ。今も、小さい子に、どうすれば話をしてもらえるのかわからない。

「どうしたの、千景ちゃん」

鈴子が気づいてやってきた。千景が手に持っている紙飛行機と、小さな男の子とを交互に見る。

「紙飛行機が飛んできたのね。これ、とってもよく飛ぶのね」

鈴子の問いかけには、男の子はぱっと明るい顔になって頷いた。

「うん、でも、お空にはとどかなくて、ぼくがひろったの」

「お空に?」

「みくちゃんがお空にいるから」

千景と鈴子は顔を見合わせた。

「これは、みくちゃんの紙飛行機なの?」

「みくちゃんのパパが、お空にとばしたんだ」

「そうなの」

「ヒロ、廊下で飛行機を飛ばしちゃダメでしょ」

女の人が、あわてた様子でこちらへ駆け寄ってきた。男の子のお母さんだろう。彼はぱっときびすを返し、母親に駆け寄った。

「すみません、ご迷惑を」

「いえ、飛行機を拾っただけなので」

千景は紙飛行機を母親に手渡しながら、訊いてみることにする。

「あの、この絵を描いたのが、どなたかわかりますか?」

「たぶんですけど、みくちゃんのお母さんだと思います。裏に「みくへ」って書いてあったので。かわいい絵ですよね。みくちゃんが亡くなって、ちょうど一年くらいなんですけど、数日前に、誰かが屋上からこれを飛ばしてたんです。それをこの子が拾って。天使の絵だから、きっとみくちゃんの魂《たましい》を慰《なぐさ》めるために飛ばしたんだと思うんです」

「天使の絵が描いてあるんですね？」

男の子に許可をもらって、その子のママが折ってあった紙を開いてくれた。広げてみると、たしかに天使みたいな赤ちゃんが描かれていた。小さな翼があり、雲に乗っている。草花と、色とりどりの星に囲まれて、幸せそうな赤ちゃんだ。大きな白い鳥が二羽、赤ちゃんの乗る雲を見守っている。

「みくちゃんのお母さんの絵を、お父さんが飛ばしてたんでしょうか」

「飛ばしてたのも、お母さんだと思いますよ。男性みたいに見えただけでしょう。わたしは屋上の人影を見てないんですけど、みくちゃんのお母さんは、いつも男性っぽい服装でしたから」

「そのかたは、もしかして、駒川さんっておっしゃいますか？」

「ええ、駒川さんです。駒川みくちゃんのお母さん。でもみくちゃんは生まれつきの難病で、たったの二歳で……」

稔には、子供がいたのだ。そして、子供も土橋も、一年ほど前に亡くなっている。子供を亡くしたことで、稔は、土橋のところにあった母子画に、そこに込められていた悔悛《かいしゅん》のイメージに、強く共感したのだろうか。

「それは、ご両親はたいそうお辛《つら》かったでしょうね」

鈴子の言葉も態度も、人に親しみを感じさせるからか、初対面にもかかわらず、男の子の母親は、さらに話してくれた。

「彼女はシングルマザーだったから、ひとりで背負ってました。だから、飛行機を飛ばしたのもパパではないと思います」

「そうでしたか。わたし、駒川さんの絵を見る機会があって、ファンになったんですよ。母子の絵が魅力的で、それも彼女にとっては、亡くしたお子さんへの想いがあったんですね」

鈴子はしみじみと語る。本当の言葉だから、男の子の母親も、鈴子の気持ちに寄り添ってくれるのだろうか。

「そうだ、みくちゃんの写真、去年のだけどありますよ。ハロウィンのときのですけど」

彼女が見せてくれた携帯の写真には、思い思いに仮装をした子供たちと、保護者や看護師たちがいっしょに写っていた。

稔がいる。パーカーにジーンズという格好で、写真ではますます男性みたいにも見えたが、幼児を抱いている姿は、彼女が描いていた聖母子のようだ。

「みくちゃん、移植が必要で、でも外国でしか手術できないとかで、お金が掛かるからとても無理だったらしいんです」

千景は、稔の隣にいる老人に目を向ける。別の入院患者の祖父なのだろうか。しかし、そばに子供の姿はなく、老人は稔が抱くみくに視線を向けている。

「あの、このかたは？」

「ああ、土橋さんですね。ここに通院していた患者さんで、子供たちに絵を教えたりしてくれてたんです」

土橋は稔と知り合いだった。だとしたら、稔は〝カラヴァッジョ〟の存在を、土橋から聞いていたのではないか。仕事でアパートに清掃に入り、拾ったというが、絵を手にしたのは偶然ではないのかもしれない。

そうして彼女は、絵を描き始めた。

いったい、人の心を動かすものは何なのか。

千景には、図像の意味はわかるけれど、人の心のことはよくわからない。人と接するのは苦手で、ずっと絵画にしか向き合ってこなかった。人が生み出す芸術にかかわる以上、人を知らなければならないのは当然だけれど、まだまだ美術の研究者としても未熟だったということだ。

図像術がどんなふうに人に働きかけるのか、人によって効果が違うのはなぜか、術を解く方法も、新たに描くことができるのかどうかも、答えは、人の中にあるのだ。

男の子は、紙飛行機の絵をみくちゃんのお母さんに返したいと言う。連絡先もなにもわからないからと、その子の母親が困惑していたのを見て、千景があずかることになった。

「いやー、ホントに予想外だわ。あたしが絵本を読み聞かせてる間に、そんな事実が判明するとはね」

瑠衣がしみじみと言うのは何度目か。病院を出て、異人館画廊へ帰ってきてもまだ言っている。

鈴子は寄るところがあると言って別れたので、千景は瑠衣とふたり、紅茶を淹《い》れてサロンでくつろいでいる。とはいえ、話はどうしても、土橋と稔のことになる。

「駒川さんって、千景ちゃんの話じゃ、男性に興味がない感じなのかと思ってた」

中性的な外見はともかく、父親の抑圧から女性性への嫌悪感を持っている様子だったので、恋人がいたなんて、千景も想像していなかった。しかし、彼女の絵に現れる聖母子のイメージは、夫のいない神の子だ。稔自身、そういう心境だったのだろうか。

「瑠衣さんは、あの病院に土橋さんが通ってたの、本当は知ってたんでしょう?」

鈴子も知っていたのではないか。だからふたりして、千景を誘った。

「知ってたのは鈴子さんだよ。じつはね、透磨くんと彰くんが、土橋さんの元の奥さんに会ったんだって。それで、土橋さんが通ってた病院がどこだったかわかったの。鈴子さんも早く教えてくれればいいのに、ちょうど病院へ行くところだったから、あとでいいやと思ったんだって」

透磨の怪我にショックを受けた千景が、調べるのをやめたがっていると知っていたから、鈴子は黙って千景を連れていったのだろう。

「史季は、病院で土橋さんの住所を知ったんでしょうね」

そうして、土橋の家に清掃会社が入ったことも知ったのだ。たぶん、絵を持ち帰った社員のことも。

透磨は、土橋の絵を調べたいと思う気持ちを、千景がまだ失ってはいないと思ったのだ。

実際、そのとおりだった。そして千景は、想像以上にみんなにささえられている。以前なら、自分が子供だから世話を焼かれてしまうのだと思っただろうけれど、力を貸してくれる人がいることを、今は貴重に感じながら受け止めている。

ささえられていると気づけるくらいには、大人になった。でもまだ、誰かをささえることまではできない。大切な人のために、何ができるのかと想像し、けれどその誰かを、自覚するのには尻込みする。

「土橋さんは、小児病棟の子供たちと接することが、生き甲斐《がい》になってたのかな」

もしかしたら、離ればなれになった息子のことを思い出していたのだろうか。彼が入れ込んだ母子の絵は、もともとは亡き母への思いがこもっていた。しかしやがては、失った家族への懺悔を込めたものになったのではないか。

だからこそ、駒川稔とその子供に同情を寄せた。自分が顧《かえり》みなかった、妻子の代わりに。千景にはそんなふうに思えた。

「土橋さんが住んでたアパートの清掃は、直接駒川さんに頼んでた、ってことはないかしら」

「いちおう会社を通した仕事らしいけど、たぶん、依頼を受けたのは駒川さんだろうね」

たしか、ホスピスに入る直前だったという話だ。もう、部屋は必要ないとわかっていた。たぶん、彼にとっての〝カラヴァッジョ〟を、誰かに穢《けが》されたくなかったのだ。稔にだけは絵のことを話したのだろうけれど、呪われた絵だと言ったのは、なるべく見ないままに処分してほしかったからかもしれない。

透磨は、カラヴァッジョの筆ではないと断言した。土橋も、わかっていながらその絵を、本物だと信じることにした。あるいは、本物以上に土橋にとって、心にせまる絵だったのかもしれない。

だから、偽物だと暴かれることのないまま、消滅してほしかった。

しかし、稔は絵を持ち帰った。

千景はやはり、その絵を見てみたい。一枚が、一粒の種子になり、稔の中で育ち、満開の花を咲かせた。稔が描いた、無数の絵になったのだ。

もしかしたら、稔の絵の中にも、種子が宿っている。

「瑠衣さんは、どうして演劇をやろうと思ったの？」

千景の問いは、会話の流れから飛躍したように瑠衣には感じられただろうか。しかし彼女は、おもしろそうに千景を見ている。

「うーん、どうしてかな。気がついたら一生懸命になってた。他に何にもできないからかな」

「どうしても女優になりたかった、とかじゃないの？」

「人って、案外やれることが限られてるのよ。何でも選べるようでいて、何でもできるようなスーパーマンじゃないからね。たぶん、いつの間にか、与えられてるんだ。受け取るかどうかは、自分しだいだけどね」

千景も、与えられてきた。祖父母に、透磨に、キューブのみんなに。

でもまだ、何かを与えることができるかというと、思いつかない。

「透磨は、頭の怪我を縫ったばかりなのに、土橋さんのことを調べたりしてるのね」

「千景ちゃんは、自分のせいだと思ってるの?」

「わたしは、透磨に迷惑をかけてばかりで、助けられてばかり」

誘拐事件のときも、彼を巻き込んだのだ。

「巻き込むのも巻き込まれるのも、与え合うのと同じだよ。それは、誰かが生み出した作品に心を打たれるのも同じ。みんな、心が動いているんだから。それで、なくてはならないものを選ぶんだから」

瑠衣の言葉は、素直に千景の胸に納まる。そうして新たな疑問もわく。なくてはならないもの。千景はそれを、ちゃんと選べるのだろうか。

＊

西之宮画廊を訪ねるが、透磨は出かけていて留守だった。もうすぐ戻ると聞き、千景はギャラリーで、展示を眺めて待つことにする。

いつ来てもここは、目を惹く絵が並んでいる。そうして、ひとつひとつの作品に、きちんと敬意が払われていると千景は感じる。

透磨にとってこの家は、当然継ぐべきものだったのだろう。千景の知らない間に、彼は与えられたものをしっかり受け取る選択をしていた。

千景も、当然のように美術史を学び、図像学に引き寄せられた。それは、自分の能力を知るためでもあったけれど、透磨とつながるものでもあったからだ。

自分にとって彼は、想像以上にとくべつだった。忘れていたけれど、忘れていなかった。今はもう、はっきりと自覚している。

だからこそ、透磨の本音を知るのが怖くなった。もう、千景の保護者でいる必要はない。だからただの幼なじみに戻ろうとしているのか、キューブの仲間としてそばにいるのか。

「西之宮さんはいらっしゃいますか？」

スタッフに問うお客さんの声に、千景は我に返り、振り返った。驚いたことに、そこにいたのは駒川稔だった。

外出中だと告げられると、あっさりと彼女はきびすを返す。画廊から出ていく後ろ姿を、千景はとっさに追いかけていた。

「駒川さん！」

道ばたで立ち止まり、彼女は振り返った。

「ああ、あなたは……」

「どうしたんですか？　透磨ならもうすぐ戻るみたいだし、お急ぎならわたしが代わりにお話聞きますけど」

「いえ、いいんです」

どこか、落ち着かない様子だった。

彼女と以前に会ったとき、透磨は名刺を渡していたはずだ。でも、あのときはチャリティー絵画展と偽《いつわ》って会ったのだし、後日千景がそのことを説明した。今日はいったい、透磨にどんな用があったのだろう。少なくとも、絵を買いたいわけではないだろう。

「家田史季さんのことですか？」

その名前を口にした千景に、立ち去りかけていた彼女は足を止めた。

「彼が透磨を襲ったこと、知ってるんですね？」

返事を迷ったようだったが、彼女は首を横に振る。

「何のことですか？」

問いの形なのに、返事を期待していないような、抑揚のない口調だった。

「わたし、ミナト総合病院へ行きました。そこで、土橋さんとあなたが知り合いだったと聞いたんです。彼は、史季さんのお父さんですよね」

ゆっくりと、こちらに向き直った彼女は、驚く様子もなかったから、土橋に息子がいることや、その名前も知っていたのだろう。そうして、在《あ》りし日の土橋を思い浮かべたのだろうか。彼のことなら、誠実に伝えようとしたのかもしれない。

「土橋さんは、やさしいかたでした。家族とは疎遠《そえん》になったことを悔やんでいて、孤独な私に同情を寄せてくれたんです」

「本当は、土橋さんに絵の処分を頼まれていたんですよね？　彼が亡くなる前に。アパートの清掃に入って、絵を見つけたというのは偶然じゃなかった。それとも、絵は譲られたんでしょうか？」

「呪われた絵だからと、家族を傷つけたものだからと言って、土橋さんは処分を望みました。でも、本当に処分してほしかったのかな……。彼にとって、魂の一部みたいな絵ですから」

「実際に絵を見て、そう思ったんですか？　土橋さんの魂の一部だと。あなたは、その魂に触れて、取り憑《つ》かれたように絵を描き始めたんですよね」

「カラヴァッジョの、『法悦のマグダラのマリア』を見たことがあります。画集でですが……。それによく似ていると思いました。カラヴァッジョの作品かどうかは、私にはわかりません。ただ、そこにこもった思いは、私の罪もやさしく包み込んでくれるかのようでした」

「マグダラのマリアは、悔悛の象徴ですが、あなたが見たのは母子の絵だと」

静かに彼女は頷く。

「カラヴァッジョの『法悦のマグダラのマリア』は、マリアがまるで妊婦のように見えるんですよね。此花《このはな》さんは、どうしてだかわかりますか?」

それは誰にもわからない。衣服の襞《ひだ》がそんなふうに見えるだけなのか、意図して膨らみを描いたのか、あるいはそこに、別の何かを描くはずだったのか。様々な議論はなされてきたが、謎のままだ。

「土橋さんは、イタリアでカラヴァッジョの絵を見たそうです。絵画のことも、聖書のこともよく知らないまま、ただそこにあった絵を見た。そのときに、母子の絵だと感じたんです。魂が画面に吸い込まれるように、絵だけしか見えなくなって、涙がこぼれたと話していました。その場にいるかのような、リアルな女の表情に息をするのも忘れて惹きつけられ、画布の隅々《すみずみ》にまで染み渡る神秘的な空気に衝撃を受けたと話しました。そのとき彼は、母親に抱かれている自分のまぼろしを見た……、いえ、そんな遠い記憶が、感覚としてよみがえったと。だから彼は、もう一度あの絵にめぐり会いたいと願ったんです」

「でも、手に入れたのは、〝呪われた絵〟なんですよね」

「彼は絵に呪われたかったんです。それは、絵と自分がどこまでも近づいて、ひとつになることだから」

心を奪われ、操られる図像術は、稔の言葉どおりなのかもしれない。イタリアで見た絵が、本当にカラヴァッジョだったのか、本物の図像術だったかはわからないけれど、彼にとっては呪われたも同然だった。彼自身が、呪われることを望んだのだ。その後、土橋が手に入れた絵も、彼の望みを叶えられるほどの、〝呪われた絵〟だったのだ。

「土橋さんは、幼くして亡くした母親の姿を、あの絵に感じていました。その母親は、交通事故で彼をかばって亡くなったそうです」

イタリアで出会った絵は、そんな土橋の罪悪感と重なったのだろう。

「けれど、絵に執着するあまり、妻と子を、もう一組の、母子を不幸にしてしまった。あの絵は、二重に彼の罪を背負ったんでしょう」

稔は、深く息をつく。史季と土橋が親子だと知っていた彼女は、史季と下村のつながりも知っているのだろうか。史季が今、その絵を持っていることも。

急にそんな疑問がわき、千景は問う。

「駒川さんは、家田史季さんに会ったことが……?」

稔は答えなかった。しばらくじっと、千景の顔を見ていたが、思いついたように、話を変える。

「やっぱり、あなたにお願いしようかな。これを、西之宮さんにお返ししておいてくれませんか?」

稔が差し出した封筒の大きさと厚みに、それが何なのかは想像がついた。中身はたぶん、札束だ。透磨が、史季との取引のために持参し、奪われたものだ。

「家のポストに入っていました」

「どうして、透磨のものだと?」

「襲われたと、さっき此花さん、おっしゃいましたよね」

土橋の〝カラヴァッジョ〟に興味を持っていたのは、千景と透磨だ。稔は、史季が〝カラヴァッジョ〟を使って奪ったお金だと気づいていて、透磨のお金ではないかと想像し、確かめに来たのだろう。

家田史季に襲われたのが透磨なら、西之宮画廊のお金に間違いないと、千景に差し出す。

「これは、家田史季が〝呪われた絵〟を見たせいです。だからどうか、彼を恨まないでください」

見た？　彼は見ていないと、透磨には言っていたはずだ。

「史季さんとは、いつ、どこで会ったんですか？　どうして史季さんは、あなたにこのお金を渡したんですか？」

矢継ぎ早に問う千景を、またじっと見て、それから彼女は、悩んだように首を横に振った。

「彼とは、会ったことはありません。だから、何を思っているのか、どうしてお金を持ってきたのかもわかりません」

「会ったことがないのに、呪われているとわかるんですか？　土橋さんの〝カラヴァッジョ〟を、彼も見たんですか？」

「彼が見たのは、別の絵です。それを見て、どうかしてしまったんです」

いったいどういうことなのか、千景にはわからない。

「西之宮さんには申し訳ありませんでした」

史季のしたことなら、彼女がわびるのは変だ。下村にしたように、彼女が絵を見せたとでもいうのだろうか。

何が本当なのかわからない。稔は本当のことばかり言っているわけではない。しかし、千景にいろんな話をしたのは、何かを伝えたいからだ。自覚はないかもしれないけれど、無関係な千景に、知ってほしいことがあるのだ。

　深く頭を下げる稔の前で、千景は、あまりに断片的な彼女の言葉をとらえきれず、混乱したまま突っ立っていた。

　行こうとする彼女に、やっとのことで声をかける。

「やっぱり、チャリティー絵画展に絵を描いていただけませんか？」

　純粋に千景は、彼女の新たな絵を見てみたかった。一枚の絵を見て浮かびあがったという数々のイメージが、千景を惹きつけている。

「もう、描きません」

　去年の今ごろ、彼女は子供を失った。たぶん同時期に土橋も亡くなり、稔は絵を描き始めた。けれど強盗事件をきっかけに、土橋の絵を失い、自分のスケッチブックも捨てた。もしかしたら、壁中に貼《は》ってあった画用紙の絵も処分したかもしれない。

「私にはもう、伝えたいものがないから」

＊

駒川稔は、何を伝えたくて絵を描いていたのだろう。千景はその日、結局透磨を待たずに帰ってきた。

鈴子はめずらしく、友達と食事に出かけている。千景はひとりで夜を過ごしながら、祖父のアトリエで、稔が描いたスケッチブックと紙飛行機を並べた床に身を投げ出し、ぼんやりと物思いにふける。

絵は言葉とは違う方法で、見る者にメッセージを発している。受け取り方は様々で、見る者の心を鏡のように映す。見る人の数だけ、メッセージがあり、正解も無数にある。一方で図像学は、絵を言葉に近づける。意味を限定するだけに、解読しやすくなるけれど、本来はもっと複雑なメッセージを発している。図像の描き方、他のモチーフとの組み合わせや、絵画全体が発する空気や熱や、筆遣いも絵の具ののり方さえも、メッセージそのものだ。

図像術ではなくても、絵が人の心を動かし、ときには人生を動かすことさえあるのは自明の事実だ。画家の名前も、本物か偽物かも、美術品としての価値も関係ない。土橋がイタリアで見た絵も、稔が拾った土橋の絵も、少なくともひとりの運命を動かした。

稔の言う、別の〝呪われた絵〟は、どういうものだったのだろう。

携帯電話が鳴り、千景は我に返る。体を起こして携帯に手をのばす。透磨からだ。

「千景さん?」

彼の声が自分を呼ぶと、なぜだかほっとする。なのにいつもの癖で、ぞんざいな言い方になってしまう。

「何か用?」

「うちへ来たそうですが」

「ええ、お金を、駒川さんが返すって。画廊のスタッフに預けておいたわ」

「それが用件ですか?」

正確には違う。透磨も、順番が違うことは聞いているだろう。でも、何をしに西之宮画廊へ行ったのだったか。たぶん、顔を見たかったのだ。頭の傷はもう痛くないのか、無理をしていないのか、訊きたかった。

そういうことは、なんだか電話では訊きにくい。何かのついでみたいに、間を埋める会話みたいに、ちょっと訊ねたいだけなのだ。

「買い物ついでに寄っただけ」

「僕も近くまで来てるんですが」

「えっ、どこにいるの?」

「外です」

カーテンを開けて窓の外を見ると、薄暗い門の前に突っ立っている人影がある。背格好で、透磨だとわかる。ピンと背筋を伸ばした立ち姿を、千景は幼いころから目で追い、透磨がそこにいると確認していたことを思い出す。

「べつに用がないならいいんです」

電話越しに彼は言うと、きびすを返そうとする。

「帰るの？」

「顔を見に来ただけですから」

「よく見えないわ」

「こっちからは見えますよ」

千景は明るい部屋の中にいるからだ。

「そっちは暗いから見えないの。入ってきて」

千景は玄関へ駆けていき、ドアを開けて透磨を招き入れる。明かりの下で見る彼の、白い頬《ほお》が冷たそうで、手のひらであたためたくなる衝動を抑えなければならなかった。

「どうして、顔を見に来たの？」

透磨がじっとこちらを見ているから、千景は問う。自分は答えられなかったのに、彼はあっさりと口にした。

「それは、見たかったからでしょう」

「変なの」

「変ですか？　会いたいときに会おうとするのは、少しも変じゃないと思いますが」

透磨は、もしかしたら千景が彼の様子を見に来たとわかっているのだろうか。だから、わざわざ来てくれた。顔を見たいと思っているのは千景のほうだ。

「そうね……。じゃあ、お茶でもいかが？」

「いただきます」

自分たちはやっぱり、これまでとは違う。用もなく会うことを、お互いが受け入れている。でも、ふたりきりでも何も起こらない。

なんて、何か起こってほしいみたいではないかと、千景はあせる。

「茶葉を入れすぎてますよ」

ポットに山盛りの茶葉にもあせる。透磨に覗《のぞ》き込まれていて、ますますあせる。

「応接間で待っててよ」

「僕が淹れましょうか？」

「何よ、信用してないの？　ちゃんとおいしく淹れられるわよ。おばあさん直伝《じきでん》なんだから」

「それじゃあ、カップを出しますか」

戸棚に手をのばす透磨の後ろ姿を、千景はちらりと見る。傷は髪の毛で隠れている。縫ったというけれど、包帯とかはもう必要ないのだろうか。

視線を感じたのか、振り返った彼と目が合う。

「もう痛くないですよ。不自由もないですし」

何を見ていたか、見抜かれている。

「本当？　後遺症で大事なこと忘れたりしてない？」

「たとえばどんなことを？」

「あなたがわたしの代わりに、おぼえていてくれたこととか」

「忘れてませんよ。それにもし、僕が大事なことを忘れても、今度はあなたがおぼえていてくれるでしょう？」

ふたりでの会話や出来事や、日々の小さなこと、そのときお互いの間にあった気持ちも、透磨がおぼえていてくれた。千景はもう、忘れたくない。これからのことも、しっかりおぼえていたい。

「そしたら、忘れたことにできなくなるわよ」

ヤカンから湯気が立つ。千景は注意深く、沸騰した湯をポットに注ぐ。茶葉が躍《おど》るように、一気に熱い湯を入れて蒸らすのだ。

紅茶が飲みごろになるまで、ふたりきりで待つしかない。

「今は、ロマンチックな状況ですか?」

透磨はぽつりと言った。言葉の意味は、前に千景が言ったことだからすぐにわかる。

「……キッチンだけど」

「僕は嫌いじゃないですけど」

すぐ隣にいる透磨を見上げる。穏やかな表情に、千景は安堵《あんど》する。不安なことも緊張することもない。大好きな人がそばにいる、幸せな時間だというだけ。

このまま、透磨と恋人になりたい。けれど彼につきまとって頼るだけの、昔の自分のままで隣に並べるのかと、ためらう自分もいる。

背伸びしてキスしても、きっと年下の幼なじみにしかなれない。千景はまだ、自分で自分の将来を選べていない。

千景の迷いを察したように、透磨は視線をゆるめる。甘い気配をかき消すように、千景の頭をくしゃくしゃと撫《な》でた。

「ま、僕は急ぎません」

たぶん千景はまだ、子犬にするように撫でられているのが好きなのかもしれない。

「ただいまー」

　幼なじみに戻ったふたりの耳に、明るい声が飛び込んでくる。鈴子が帰ってきたらしく、明かりの灯《とも》るキッチンにパタパタと足音が近づいてくると、ふっくらした顔を覗かせた。

「あら、透磨くん来てたのね」

「おじゃましてます」

「おばあさん、紅茶を淹れたところよ。いっしょにどう？」

「まあ、いいタイミングね。サブレをもらったから、いっしょにいただきましょう」

　透磨が笑う。千景もなんだか楽しい。ふたりきりの静かな時間もいい。鈴子がいるにぎやかな時間も好きだ。両方が、いつでもそばにあると思うと、千景はうれしかった。


「透磨、あのお金は、家田史季に奪われたものに間違いなかった？」

　ティーカップとサブレが並べられた応接間のテーブルを囲みながら、千景は気になっていたことを思い出して問う。

「ええ、銀行の帯封《おびふう》がついたままなので、間違いないです」

「どうして史季は、駒川さんにお金を渡したのかしら」

「そこですよね。僕も疑問に思いましたが、彼らは以前から知り合いだったということですか?」

「どの程度の知り合いかはわからないけど、土橋さんを通じて知り合ったのかも。ただ、駒川さんは、会ったことは否定してたけど、史季を動かしてるのは別の絵だと言ってたの。別の、〝呪われた絵〟のせいだって」

「は? ちょっと待ってください」

透磨もさすがに困惑している。

「そんなに何枚も、図像術の絵が出てくるわけがない。それとも、次々に描けるとでもいうんですか?」

簡単に描けるものなら、もっと世の中に認知されているだろう。

結局のところ、図像術の仕組みがよくわからないから、なんともいえない。絵の技術よりは知識が重要だと思われるが、潜在意識が持つイメージは、誰もが持っているものだから、知識がなくても理解する人がいないとは言い切れない。千景自身、子供のころからそんな感覚を持っている。

「図像術でなくても、彼が絵に影響を受けたってことはない?」

鈴子が言う。史季だけに通じる絵、彼を変える絵があるというのだろうか。それはいったい、誰のどんな絵だろう。

別の絵、で思い出し、千景は立ち上がった。

「そうだ、透磨にも見てほしい絵があったの」

千景はアトリエへ行き、病院で男の子からあずかった紙飛行機と、稔のスケッチブックを手に、応接間へ戻ってくる。ティーカップとサブレが置かれたテーブルで、紙飛行機を開く。

「この絵、駒川さんが描いたものだと思うんだけど」

「彼女の他の絵と同じようなタッチですね。画材はサインペンだし、小さな天使が雲に乗っているのは、鎮魂《ちんこん》のイメージでしょうし」

「こっちは、彼女が捨てたスケッチブックだけど、紙飛行機は、厚みも手触りも、このスケッチブックと同じ画用紙みたいだし、ここの、最後に使ったページを切り取ったものだと思うの。次の未使用のページに、紙飛行機と同じ青色の色移りがあるでしょう?」

サインペンで塗りつぶしたとき、裏までペンの色が染みて、次のページにも移った。同じ色が、スケッチブックに所々残っている。

「つまり?」

透磨は怪訝《けげん》そうに問う。

「これは彼女が、最後に描いた絵じゃないかしら」

稔は、スケッチブックのページを順番に使っていたと思われる。とすると、白紙の前のページが最後の絵だ。青色のサインペンが染みた紙の、前のページには、青色の絵があったはずなのだ。

開いた紙飛行機をそこに重ねてみると、所々にある赤やピンクの位置も、色移りした部分と一致する。

「彼女はもう、絵を描かないって言ってたの。伝えたいものが、もうないからって。だったら、最後の絵で何を伝えようとしたのかしら。とくべつなメッセージがありそうな気がして」

「そうねえ、亡くなったお子さんへの想い、だけじゃないと千景ちゃんは思うの？」

翼の生えた小さな赤ちゃんは、ゆりかごみたいな雲に乗っている。雲に寄り添う鳥は、くちばしが大きい。コウノトリか、それとも白鳥なのか。写実的な絵ではないので、種類はあくまで千景の想像だ。雲が浮かぶのは空なのか海なのか、青色のサインペンの、波打つ線で画面は埋め尽くされている。波間に現れる多数の図形は、草花と星に見えるが、それだけではない。いったい、何を描いているのだろう。

「他の絵は聖母子のイメージが重なってたのに、これは違うでしょ？」

そもそも聖母子像は、稔にとって自分と子供を見つめ直す鏡のようなものだった。女であることを否定されてきた彼女が、子供を産むのはいったいどういう心境だったのか。神聖な母子の絵と対極にある、罪深さを感じていたなら、土橋が持っていたという、子を抱くマグダラのマリアに救いを求めたかもしれない。

彼女にとっての罪は、子供を失ったことではなく、子供を得たことだったのだろうか。どういう人が、彼女の人生にかかわったのか。そのかかわりは、女である彼女を肯定《こうてい》しなかったのか。

青色の絵に見入る千景は、そこに散らばる多数の形や色がうごめくように感じる。単純な線はほどけ、色は混じり、光や影が角度を変えていく。立体をいろんな角度から見れば形が変わるように、平面に描かれた絵も、別の次元から見れば姿が変わり、意味が変わる。

そうして、千景の中に新たな絵が浮かびあがる。稔が描いた絵でありながら、千景にしか見えない画面は、稔自身も自覚していないかもしれない、心の奥にある声だ。

「ねえ、これは、ほら見て、画面にちりばめられた草花の模様だけど、春の花、夏の稲穂、秋の葡萄《ぶどう》、冬の枯れ木、季節を表す図像だわ」

「そうねえ。天国の子に、季節の美しさを教えたかったのかしら」

そういうイメージもあるのかもしれない。しかし千景は、もうひとつのメッセージを感じている。

「四季よ。……つまり、家田史季のことだわ」

稔は、史季を知らないと言った。でも、それはうそだ。よく知った人でなければ、彼が別の絵に呪われただなんて言わない。それに、稔が家田史季の名を、「シキ」と音で聞いていたなら、四季を連想し、図像が浮かぶのは自然なことだろう。

この絵には、彼女の、隠せない思いが紛《まぎ》れている。

「それは、もしかして駒川さんの子の父親が……」

言いかけた透磨の、携帯電話が鳴った。どうやら京一からだ。

電話を受け、しばらく話を聞いていた透磨は、にわかに深刻な表情になると、こちらを見て口を開いた。

「駒川さんが、睡眠薬の多量摂取で病院へ運ばれました」

5

罪と慈愛

クリスマスイブに、自殺サイトを覗《のぞ》いたのは、どういう心境だったのか。四年前のことを、稔《みのり》は思い出そうとするが、絶望というよりは静かな、この地上に届くかすかな星々の光を見上げるような感覚だった。

命なんて取るに足らない小さなものだ。幸福も不幸も、長い長い時間の中では凪《な》いだ湖面の泡立ちほどの変化にもならない。なのに地上では、誰もが何かに苛立《いらだ》ち、傷ついている。

天に召された父は、やっと地上の苦しみから解放されたことだろうか。ならばもう、稔が何をしても、父を悲しませることも怒らせることもないだろう。

クリスマスという日に、稔ははじめて、父に逆らってみたかったのかもしれない。

そうして知り合ったのが、家田史季《いえだしき》だった。

いっしょに死んでくれる人をさがしていたのが史季で、稔は彼と連絡を取り合い、賑《にぎ》わう繁華街のカフェで会った。

冷めた目をしていたが、饒舌《じょうぜつ》でユーモアがあり、死にたがっているようには見えなかった。そして彼は、稔のことを男だと思い込んでいた。

ダウンのブルゾンにジーンズという姿で、髪は短く化粧気もなく、女にしては長身でもあり、間違われることは多いが、訂正する必要を感じなかった。たぶん彼が、稔の性別に何の違和感も持っていない様子だったからだ。SNSのやりとりで、〝みのり〟ではなく〝みのる〟と読んだようだったが、稔はそれも訂正しなかった。もちろん史季はそのときまだ、本名を名乗っていなかった。

夜の海へ行こうと史季が言い、彼の運転する車で移動しながら、ぽつぽつとお互いのことを話した。

「自殺は大罪なんだ。けっして天国には行けないから」

なぜ死にたいのかと問われ、稔はそう答えた。

「天国に行きたくないわけ？」

「父のいるところに行きたくない。人はいつ死ぬかわからないでしょ？　急に死ぬかもしれないけど、うっかり天国で父に会ったら困るからさ」

「ふうん、父親が嫌いなんだ？」

嫌い、かどうかわからないけど、お互い、近くにいれば傷つけ合うだけだった。父は最後まで、人生を狂わせた「女」という存在を、許容できないままだった。もしも稔が男で、父の代わりに聖職に就けば、少しは救われたのだろうか。

「おれも父親が嫌い。そもそも家族が嫌いだ」

史季はそう言った。

「家族より、自分のコレクションが大事だったんだ。高価な絵を集めてて、なんとかって画家に執着して闇《やみ》の売買にも手を出したせいで騙《だま》されて、会社も財産も失ったけど、絵はすべて売り払ったはずなのに、一枚だけ隠し持ってた。それを売ってれば、何も手放さずにすんだかもしれないのに、家族よりそっちを選んだんだ」

史季の言葉には、静かな憤《いきどお》りがこもっていた。

「どこでどうしてるのか知らないし、どっかに埋められたかもな。やばそうな連中が、うちへ乗り込んできたこともあったよ」

憤りの中に、不安が混じる。

「けど、いずれおれも報《むく》いを受けるのかな。おれがこんなふうなのも、あいつのせいだしな」

「こんなふうって？」

「悪いことばっかしてる。おれ、罪悪感がないんだ。何でだろ。犯罪なんて、つかまらなければ、見つからなければ何もしてないのと同じだって気がしてしまう」

「つかまったことないんだ？　ならまだ、自分でやめられる。そうすれば、罪悪な過去を隠して生きていけるよ」

「あんた、おもしろいこと言うなあ。自分でやめる？　考えたこともなかった」

「そうかな。罪悪感がなかったら、悪いことしてるって言わないから」

そう言ったのはおぼえているが、稔は急に強い眠気を感じ、意識をなくした。

気がついたとき、車は駐《と》まっていて、稔はひとりだけだった。中も外も暗かったが、波の音が聞こえていて、海の近くだとわかった。

車の外へ出ると、冷たい空気が頬《ほお》を刺す中、携帯電話のライトを手に近づいてくる人影が見えた。史季だ。彼は稔に、熱い缶コーヒーを差し出した。

「目、覚めた？」

稔は頷《うなず》く。

「それには変なもの入れてないから」

車の中で渡されたペットボトルの中に、何か入っていたのだろう。

「あんたの財布盗むつもりだった」

自殺志願者を募るかのように見せかけて、薬を盛って持ち物を盗む、彼がそういうことをするのは、たぶん稔がはじめてではない。けれど、やめることにしたのだ。少なくとも今夜は、クリスマスイブだから。

「札束入ってたのに」

稔がからかうと、史季は思いっきり笑った。

「じゃあさ、それ、ぱーっと使おう。死ぬ前にさ！」

それから、彼とはたまに会うようになった。友達というには妙な関係だったけれど、気を許せる相手になりつつあったし、向こうもそう感じていただろう。犯罪行為からは手を引いたようだったが、まともになりたくてもそうさせてくれないような落とし穴が、彼を待ち受けていた。

下村《しもむら》と史季を結びつけてしまったのは、稔だ。

夜遅く、仕事が終わる史季と会う予定だった稔は、酔って道ばたに座り込んでいる人のカバンを持ち去ろうとする下村に気づき、止めようとした。逆ギレした下村に絡まれ、そのときちょうどやってきた史季が稔をかばったが、下村は史季のことを知っていたのだ。

そこでふたりは、最悪な再会をすることになってしまった。

下村はもともと、史季を悪いことに引き込んだ人物だ。家出を繰り返していた史季が未成年だったころからの知り合いらしい。年上だが、仲間のような感覚で、家に置いてくれたり、あまり人には言えないような仕事を紹介してくれたりしたようだ。そのうちだんだんと、史季は違法行為に慣れていったのだ。

最初は親切だった下村は、やがて支配的に振る舞うようになり、史季は不満をため込んでいたが、弱みを握られていることもあって、なかなか縁を切れなかったという。けれど、下村が刑務所に入ったことで、やっと離れることができたのだそうだ。それが出所したと聞き、史季は住所も、たむろする場所も、知り合いも遠ざけて離れたのに、見つかってしまった。

そうしてまた下村は、史季を利用しようと近づいてくるようになった。

下村とかかわるようになって、史季がみるみる荒れていくのは、稔にもわかった。出会ったころもひどい男だったが、それでもまだ、おおらかだった。好きなようにやっていて、それが間違っていることにも無頓着《むとんちゃく》で、子供みたいだった。けれど下村といる史季は、どんどんすさんでいく。

しかし史季自身も、下村の犯罪にかかわったことがあるという弱み以外に、彼を断ち切れない部分があった。

下村は史季が父親に抱いている憎しみを理解していた。史季は、自分が堕落《だらく》することで、父を傷つけているような感覚になれたという。そんなふうに仕向け、父親への復讐《ふくしゅう》を促《うなが》していたのが下村だ。

自分を傷つけることでしか、血のつながった相手を否定できない。稔も、似た思いを持っていたかもしれない。

ないか。

史季と関係を持ったのは、稔にとって、たぶん父親への復讐だった。いや、復讐だと思おうとしていた。けれど本当は、傷つくための行動ではなく、ただ救われたかったのではないか。

お互いに酔っていて、彼は相手が稔だと認識していなかったかもしれない。そばにいたのが男ではなく女だと気づいたから、誰でもいいからと寂しさを埋めた。それでも稔は、もしも女である自分を史季が受け入れてくれれば、父の呪縛《じゅばく》から逃れられるのではないかと思いたかった。

しかし、史季が求めていたのは、異性としての稔ではない。そのときから、稔は史季にとって、無意味な存在になった。

翌朝彼は、「ごめん」と書き残していなくなっていた。彼はいつも言っていた、恋人とは続かない、つきあうのは面倒くさいし、女は親しくなるほど鬱陶《うっとう》しくなってくるのだと。束縛しようとするし、会話はくだらない。

会って、話して、心を打ち明けた時間も、彼にとって無意味なものになってしまった。稔が女だったからだ。父にとって母と稔が、家族であるはずなのに、彼を堕落させた醜《みにく》い存在だったのと同じように。

それきり、史季とは連絡を絶った。

稔は、女でなければよかったと、いつも思ってきた。自分は誰も、幸せにしていない。不幸にしてばかり。

あのとき、クリスマスイブに自殺サイトを覗いたのは、ただの好奇心ではなかったのかもしれない。消えてしまいたいと望んでいたなら、あの日に消えればよかったのに、史季の罪をさらに深くしてしまっただけ。

だったらもう、これ以上は。

＊

病院に運ばれた稔は、発見が早かったのと、睡眠薬の種類が比較的安全なものだったため、大事には至らなかった。たまたま近所の人が訪ねてきて、稔が倒れているのが窓の外から見えたのだという。

翌日、千景《ちかげ》たちが見舞に訪れたときには、ベッドの上で体を起こしていた彼女は、落ち着いた様子だった。

「気分はいかがですか？」

透磨《とうま》が問う。怪訝《けげん》そうな彼女は、千景たちが現れるとは思ってもみなかっただろう。

「最悪です」

「でしょうね」

「お金はお返ししました。何か問題でもありましたでしょうか」

「いえ、そのことではなくて、駒川《こまがわ》さんにお渡ししたいものがあって。これ、あなたの落とし物だと、拾った人からあずかってきました」

千景が差し出した紙飛行機を、彼女は驚きながら手に取った。

「これを……、どこで？」

「ミナト総合病院の屋上から、誰かが飛ばしたそうです。入院している男の子が拾って、みくちゃんに届けたかったんだろうと思ったようです」

複雑な表情で、彼女は紙飛行機に描かれた絵を見つめていた。透磨が、みくの存在を知っていることに驚く余裕もなく、絵のほうが気になるようだった。

「駒川さんの絵に間違いないと思いますが、あなたが飛ばしたんじゃないんですね」

透磨はそう言いながら、じっと観察するように稔を見る。彼女は黙っている。

稔ではないなら、誰だろう。男の人だ。拾った子が見て、そう感じたように、みくちゃんのパパなのだ。

「みくちゃんのことを思う気持ちが、絵にあふれています。華やかな明るいもので、みくちゃんを包んであげたかったのはわかります。そこにあなたは、無意識に様々なイメージを込めています。たとえば、史季さんのこととか」

千景は、ちりばめられた草花に季節のイメージが見られることを話す。稔は淡々《たんたん》と聞いている。史季の名前が出ても、口をはさまなかった彼女は、みくの父親が彼だということを、否定する気はなかったようだ。

「せめて絵の中で、史季さんをみくちゃんに近づけたかったんじゃないですか？」

稔は答えなかったが、千景は話を続けた。

「それから、この白い鳥ですが、ペリカンですね？　くちばしがやけに大きいと思っていました。ペリカンは、自分の血で子を養うという伝説があります。その自己犠牲の精神で、聖画では磔刑《たっけい》のキリストに重ねられたり、慈愛の図像《ずぞう》としても使われてきました。駒川さんが、すべてを投げ出してもみくちゃんを救いたかったという切実な思いですよね」

「ペリカンに見えますか？　下手な絵だから、鳥の種類なんてわからないでしょう。ただ、鳥のイメージが浮かんだので描いただけです」

ペリカンを意識していなくても、カトリックに近い場所にいた稔は、ペリカンが意味することを知っている。だから絵を描きながら、子供を想い、白い翼と大きなくちばしを持つ鳥を自然に描いた。

それも二羽だ。幼子に限りない愛を注ぐのは、ひとりではない。

そして、この絵だけが、壁からはがされて、病院の屋上から空に向けて飛ばされた。

「たぶん史季さんが、この絵を紙飛行機にして飛ばしたんです。彼も、ペリカンになろうとしているんじゃないでしょうか。だからあなたに、お金を渡したんじゃないでしょうか」

意外そうに、彼女は千景を見る。

「みくのためだと言うんですか？　もういないのに？」

「彼には関係ないんでしょう。無意味でも、何かせずにはいられない。たぶん、治療費を工面したいと思っているんです。思えば、〝カラヴァッジョ〟と引き換えに、彼が僕に要求した金額は、海外で移植手術を受けるのに必要な相場でした。カラヴァッジョが本物だというなら、まったく釣り合わないので、不思議に思ったんです」

透磨が言う。稔はうなだれる。

子供はもういないのに、病気だったと、手術の費用がなかったと知り、史季はそうせずにはいられなかったのか。

「みくのためだとは、思わなかった。ただ彼は、父親に復讐したいから、自分をおとしめているんだと。私のことも、きっと恨んでいると。だから、人から奪ったお金を置いていったんだと……」

いつになく動揺しながら、稔はつぶやく。

「彼は、何も知らなかったんです。彼の前では、女だということを隠していました。なのに間違いが起こって、黙って離れました。裏切られたように思っているはずです。子供のことは知るはずもなかったし、それ以来会っていませんでした。なのに、たまたまこの絵を見て、知ってしまいました。彼にとってはこれが、〝呪われた絵〟です」

千景や透磨が、史季を罰《ばっ》するために現れたとでも思っているかのように、早口に弁護する。

「たまたま、ですか?」

透磨は、疑うかのような口調だ。たまたま、いつどうやって、史季がこの絵を手にすることになったのか。稔はやはり、史季と会っていたのではないか。ペリカンの絵が最近に描かれたとすると、ふたりが再会したのも最近のことだ。

「はい、たまたまです」

しかし稔は、きっぱりと言う。さっきまで動揺していたのに、何かを決意したかのようだ。彼女の視線は、膝《ひざ》の上に置いたペリカンの絵にある。それが彼女に、ゆるがない意志を持たせている。

「この絵は、気に入らなくて捨てたんです。それで、彼が拾ったんでしょう」

稔は、今も誰かに、自分の血を与えようとしている。死のうとしたのも、史季を思ってなのではないか。彼のためにはたぶん、隠し事もする。そして、与えられることは期待していない。

彼女が突き動かされるように描いた絵を見た史季は、過去を悔やみ、償《つぐな》おうとしているのだろうか。少なくとも、あがいているなら、ペリカンの絵が、彼に与えた影響は大きい。

稔は自分の絵を、〝呪われた絵〟だと言う。図像術などない、素人《しろうと》の絵だ。込められたメッセージは、千景のような他人が見れば、子への想いを感じることができてもそれだけだ。なのに、ただひとりの相手には、深く突き刺さるものになったのだ。

「駒川さん、彼の居場所を知りませんか？」

「知って、どうするつもりですか」

「わたしはただ、土橋《どはし》さんが持っていた〝呪われた絵〟を確かめたい。だから、彼を見つけたいんです。彼はまた、誰かに絵を売ろうとして事件を引き起こすかもしれません。危険な絵を、人に見せてしまうかもしれません。でも止めますから、駒川さん、力を貸してください」

家田史季は、最低な男だ。それでも稔は、父親に否定され、自分でも目を背《そむ》けてきた女であることを、史季を思うときだけは受け入れている。女として、彼に愛情を持っていた。

人の心を知ることが、美術を知ることにつながっていくと理解しながらも、千景にとって、人を知るのは難しすぎた。けれど今は、知りたいのだ。

*

夜になって、外には雪がちらつき始めた。夕方五時を過ぎればあっという間に暗くなるこの時期、異人館画廊《がろう》の閉店時間もほぼ日没までだ。

瑠衣《るい》が外に立てたボードをしまい、千景がガラス戸にカーテンを引こうとしていると、京一《きょういち》が駆け込んできた。

「千景ちゃん、いる？」

「どうしたの？　京兄さん」

すぐそばに千景がいることに気づき、京一はほっとしたように深呼吸した。

「家田史季をさがすつもりだって、西之宮《にしのみや》に聞いたんだけど、本気？」

「あらあ京ちゃん、このごろ透磨くんと、やけに仲良しね」

鈴子《すずこ》がうれしそうに口をはさむ。

「本気だけど、何か情報をくれるの？」

「今のところ有力な情報は……いや、それは話せないから。とにかく、やめたほうがいいって、逃亡中の犯罪者だよ。警察に任せてくれ」

実のところ、警察が彼を見つけ出すのも時間の問題だと思っている。しかし、史季が警察につかまったとしても、〝呪われた絵〟が正しく保護してもらえるわけではない。今も史季が持ち歩いているのか、どこかに隠したのかもわからない。放置された絵は、誰が見てしまうかわからないのだ。

何事もなければいいが、本物でないという根拠もない。できれば、史季が誰にも見せずに所持しているうちに確かめたい。

「西之宮もどうして止めないんだよ。いつもは過保護なくらいなのに」

京一の説得に応じる様子のない千景に、ため息交じりにつぶやく。

透磨はもう、千景の保護者でいるのはやめたのだろうか。今回は、頭ごなしにダメだとは言わなかった。むしろ、千景を止めないように気をつけている。

「透磨くんは過保護だよ。止めなくても、見張ってるはずだから」

瑠衣がすぐそばにいることに、京一ははじめて気づいたらしく、飛び退《の》くほどに驚いた。

「る、瑠衣さん？　ツリーがあるのかと思ってた」

「これは、ツリースタイルのドレスなの」

緑のドレスに、赤いリボンや金銀の星が縫い付けられている。シルクハットふうの帽子も、緑と赤だ。

「そ、そう。それにしても西之宮のやつ、今日はめずらしくいないじゃないか」

「もうすぐ来ると思うけど」

言っているうちに、奥のドアから透磨がサロンへ入ってくる。何より京一の姿に目をとめた彼は、不愉快そうな顔になった。

「また来てるのか、阿刀《あとう》」

「親戚の家なんだから、来たっていいだろう」

「で、何の用だ？」

「家田史季のことだよ。もしかしたら彼は、殺人を犯してるかもしれないんだ。だから千景ちゃんが容易に近づくのは危険なんだって」

「殺人？　どういうことなの？」

「とにかく座ろ。落ち着いて話を聞こうよ」

瑠衣の提案に従って、真ん中のテーブルを囲む。透磨と京一が顔をつきあわせるように向かい合わせに座るのを、鈴子はニコニコと見守っていた。

「下村を窓から突き落としたのは、家田かもしれないんだ」

「マジか」

割り込んだ声は彰《あきら》だ。雪がくっついた豹《ひょう》柄のマフラーをほどきながら、彼はサロンへ入ってきたところだった。黒っぽいフェイクファーのロングコートに身を包んでいるものだから、雪まみれのクマが迷い込んできたかと思ってしまう。

「あら、彰くん、ずいぶん雪が降ってきたのね」

「ええ、大きなぼたん雪が」

ちょうど、キューブのみんなが集まる予定だったところだ。こっそり千景に伝えるつもりだっただろう京一は、図らずも囲まれることになってしまった。

「で、どういうこと？」

みんながいっせいに問う。

「じつは、駒川さんの家に入った強盗は、二人組だったんじゃないかってこと。つまり、下村と家田だ」

稔が土橋の〝カラヴァッジョ〟を持っていることを、史季が知って下村に情報提供したとすると、ふたりで盗みに入ろうとしても不思議ではない。

史季がこれまで、下村の犯行にどれほどかかわっていたかはわからない、情報提供だけだったとは言い切れないし、駒川家へ盗みに入ったのが下村だけだというのは、稔の証言によるものだ。

「それに、家田と駒川さんは、じつは数年前に交際していたんだ」

貴重な情報を告げたはずの京一は、みんなが何の反応もしないので面食らったようだった。

「あれ？　驚かないの？」

「で？」

透磨は冷たく促す。

「別れてから、駒川さんは子供を産んでる。父親は不明だけど、家田かもしれない」

京一はさらに力を込めるが、みんなはその続きが聞きたいのだ。

「え、まさかみんな、それも知ってたの？」

「要するに、京ちゃん、家田史季のことをかばって、駒川さんは、強盗犯は下村だけだと言った可能性があるのね？」

鈴子が仕切り、京一は拍子抜けしながらも頷いた。

「それで、下村が〝呪われた絵〟を見て落ちたっていうのは、本当は史季が突き落としたと」

透磨は眉間《みけん》にしわを寄せる。

「史季と駒川さんが共謀《きょうぼう》したってこと？　それってふたりはまだ、ただならぬ関係だよね！」

瑠衣は、ドラマチックな考えにひとり盛り上がる。

「いや、今のところ共謀の根拠はなくて。家田の通話履歴は調べたけど、彼女と連絡を取っていた形跡はない。部屋からも、彼女につながるものは何も見つからなかった。子供の存在すら知らなかったんじゃないかな。周囲も聞いたことがないみたいだし、駒川さんの知り合いに当たってみても、家田を見かけたこともないし、子供の父親のことはもちろん、身近に男がいるような話も聞いてないって」

「それじゃあ、強盗に入った現場で、ふたりは再会したの？」

史季が稔の絵をどこで見たのか、どうやって手に入れ、紙飛行機を折ったのか、千景にとって疑問だった。稔は捨てたと言い張ったけれど、もしも史季が彼女の家に押し入ったのなら、そのときに目にし、持ち帰ったのではないだろうか。

「家田は、清掃員が土橋の家から絵を持ち帰ったことを知ったものの、それがかつての交際相手だとは知らなかった可能性がある。知ってたら、盗むよりまず連絡するだろう？」

「でも、家を特定してるくらいだから、名前が同じとかで気づくんじゃない？」

瑠衣が首を傾《かし》げる。

「まあ最近は、名前がわからなくても知り合えるけどね。清掃員の名前がわかっても、彼女が名乗っていたのが、ハンドルネームだけだったなら結びつかない」

彰の言うように、そういうことだとすると、やはり絵を盗もうと押し入ったところで、住人が誰なのかを知ったのだ。

そこで彼は、稔が描いた壁一面の絵とともに、ペリカンの絵も見たはずだ。そうして、事実に気づいただろうか。

聖母子ふうの母子は、父親の不在を暗示している。クリスマスのイメージと同時に、罪を背負う茨《いばら》が画面を覆《おお》う。キリストの降誕と埋葬のイコンがちりばめられた絵の意味は、誕生と死だ。壁いっぱいに貼《は》られたいくつものイメージが、別れた女性の、数年間の時間だと気づいたとき、史季にとって、心に突き刺さる〝呪われた絵〟になったのだろうか。

壁から剝がされていたのが、ペリカンの絵で、史季が選んで持ち帰ったなら、天に召される子と慈愛のペリカンが、何より強く彼に焼き付いた。そのとき、史季は稔を守るべきだと、立場を変えたのかもしれない。

「強盗は、まず駒川さんを縛って動けなくしている。ガムテープで目隠しもした。でも、駒川さんが、侵入者が家田だと気づいたら？　親しい相手なら、マスクや帽子で顔を隠しても、背格好や声で誰だかわかる。犯人がバレてしまうんだ」

「となると、黙らせようと……？　駒川さんに危害を加えようとしたってことか」

「そうしたのは下村でしょうね」

「それで、史季は彼女をかばおうとして、下村ともみ合い、窓から突き落とした、か」

「それなら、駒川さんが史季をかばうのもわかります」

下村が転落死したのが、もみ合った末でも殺意があったとしても、史季がやったのだとしたら、稔は隠そうとするだろう。下村の単独犯だと言い張り、〝呪われた絵〟のせいだと警察に話した。

拘束《こうそく》されていた自分が突き落としたと言っても無理がある。稔はただ、もうひとりの存在を隠すために、情報を攪乱《かくらん》した。

呪いで人が死ぬなんて、警察には通用しない。しかし、絵を見た下村が動揺するような要因があったかもしれないとは考える。わざわざそんなうそをつく必要が、ふつうの被害者にあるとは思えない。稔の証言が荒唐無稽《こうとうむけい》なだけに、彼女の証言のまともな部分、犯人がひとりだというところに、疑問がはさまれにくくなる。結局、稔の思惑は成功したのか。

もちろん、これはあくまで、稔と史季の過去の関係が判明したことによる推測だ。

「強盗犯が複数だという証拠は？」

透磨の問いに、京一はため息をついた。

「それなんだよな。あのへんには監視カメラもないし。でも、事件の夜、家田史季が彼女の家の近くにいたという目撃情報が出たんだ。逃げるように全力で走って、交差点を飛び出してきたから、ぶつかりそうになったって、タクシー運転手の証言で、顔も見てる。ただ、それだけじゃ、彼が強盗の共犯だとは言えないから」

とはいえ、偶然稔の家の近くにいたわけではないだろう。

稔を守るために、史季が下村を死なせた。そうして彼は、土橋の〝カラヴァッジョ〟と稔のペリカンの絵を手に、逃走した。今は、絵に突き動かされるように、みくの手術費用を集めようとし続けているのだろうか。

「ああ、もう仕事に戻らないと」

腕時計を見て、京一は立ち上がる。

「とにかく千景ちゃん、これ以上家田には、かかわらないようにね」

彼が慌《あわ》ただしく告げ、立ち去る間にも、千景は考え続けていた。稔が描いた多数の絵と、彼女の家や部屋の中の映像が、脳裏に次々に浮かぶ。以前にあの部屋で感じた引っかかりが、またよみがえってくる。

収まりの悪いような感覚だった。それは、壁に貼られた画用紙が、ひとつ分だけはがれて、四角く板壁があらわになっていたからだ。それに似た感覚を、もうひとつ千景は感じていた。

窓の辺りだ。そこから強盗犯が落ちたと、窓に注目したときだった。

「ねえ、透磨、あの部屋には椅子《いす》がなかったわよね」

透磨とともに、キューブのみんなも千景に注目する。

「椅子？　たしか、畳《たたみ》の部屋で、床に座って使うテーブルがありました」

そう、床には座布団やクッションが置いてあった。椅子は必要ない。

「だけど、あんな高いところ、踏み台でもないと届かないわ」

小箱やサボテンの鉢、木彫りの置物、そんなものが、窓の上の棚に置いてあったことを思い出す。

「しょっちゅう取り出すものでなければ、踏み台とか脚立は別の部屋にしまってあるのでは？」

けれど、窓辺に何かがあったはずなのだ。

「窓の下の畳に、椅子が置いてあったような痕《あと》がついてたの。椅子の脚《あし》みたいな、三つの丸いへこみよ」

「千景ちゃん、よくおぼえてるね。そんなのなかなか気づかないよ」

「部屋に行ったときは、ちゃんと気づけなかったの。なんとなく、あるはずのものがないって感覚だけ。でも、間違いないわ、畳に、三本脚の椅子のあとがあった。

「窓辺か。椅子がないってことが、強盗事件と関係あるんじゃないかって、千景ちゃんは思うんだよな？」

彰のほうを見て、千景は頷く。

「もし、椅子の上に立ったりすると、窓の高さからして、ちょっとしたことで落ちてしまう可能性はありますね」

瑠衣が手を打つ。

「なんで椅子の上に立つの？　あ、棚の上に〝カラヴァッジョ〟があったとか？」

「押し入れの中にあったと、駒川さんは警察に話していたはずですが」

「それがうそだったら……」

下村が、〝カラヴァッジョ〟はどこだと問う。窓の上の棚だとすると、ちょうどそこにある椅子を踏み台代わりに使うだろう。下村は、棚の上に手をのばす。その状態で押されれば、簡単に窓から落ちてしまう。

しかし、椅子があれば、下村が棚の上のものを取ろうとして、誤って落ちたと言うこともできるのではないか。なぜ、椅子を隠す必要があるのか。

「史季がその場にいたことを、駒川さんが隠しているのではと、警察が考えているとおりなら、椅子は史季の存在を隠すために処分したことになりますが……」

「指紋、なら拭き取ればいいし。何かが椅子と史季を結びつけてるのかしら」

何らかの、稔にとって不都合な痕跡《こんせき》があるのかもしれない。

「椅子、どこにあると思います？」

もし現物を見つけることができれば、何か見えてきそうだ。

「もう処分されてるんじゃないかしら」

「粗大ゴミの回収って、いちいち申し込まなきゃならないから、簡単には捨てられないわ。それに、誰がどんなものを捨てたかわかってしまうわよ」

今までみんなの会話を聞いていた鈴子が言った。

「じゃあ、不法投棄？　処分場へ持ち込むとか？」

「しかし、彼女は自分の絵を地区のゴミ捨て場に捨てていたんだよな。人間ってのは、非常事態でも案外、日常を逸脱しないもんだよ」

彰が言うならそうだろう。

「あの地区の粗大ゴミ収集日を調べますか」

透磨がまとめたそのとき、瑠衣が声を上げた。

「あっ、椅子、あたし見たかも！」

「えっ、どこで？」

「ゴミ捨て場よ。ほら、あたし、スケッチブックを拾ったでしょ？」

稔が自分の絵を捨てるのを見た瑠衣が、スケッチブックを拾ってきたのだった。

「その近くに、粗大ゴミ置き場があるんだけど、そこに、椅子があったの。木製の椅子」

「ちょっと待って、千景ちゃんと透磨くんが部屋を見たときには、椅子はなかったのよね。そのときすでに捨てられてたなら、瑠衣さんが行ったとき、まだゴミ置き場にあるものかしら？」

「ちゃんと申し込んでないと、持っていってくれません。急いでゴミ置き場に出して、放置していたなら、瑠衣さんが行ったときにまだあっても不思議じゃない。その椅子、回収シールはありましたか？」

矢継ぎ早に問うみんなを前に、瑠衣は眉根を寄せながら思い出そうとしていた。

「シールはわかんない。でも、その椅子、若いカップルが持ち帰ろうとしてたんだ。もらってもいいかな、とか、話しながら運ぼうとしてた」

瑠衣の記憶では、椅子は黒っぽい茶色で、古そうだったけれど、丸い座面もなめらかできれいな状態に見えたという。低い背もたれに、葡萄《ぶどう》の蔓《つる》みたいな模様が彫られていたそうだ。

「でも、本当に彼女の部屋にあった椅子だって証拠はないけど」

「カップルってのは、近所の人？」

「だと思うけどね。なんとなく、学生くらいの同棲《どうせい》カップルが散歩中、って感じで、引っ越してきたばかり、みたいなことを話してた。あのへんはほとんど一軒家だけど、エレベーターがないとか言ってたから、賃貸マンションに住んでるんじゃないかな。だったら建物は限られてるかも」

もし、その人たちが椅子を拾っていたら、見つけ出すことができるかもしれない。


その夜、千景は自分でも意外なほど、椅子のことが気になって、なかなか眠れなかった。なぜだろうと不思議に思ったが、ふと思い出し、急いでベッドから起き出すと、稔のスケッチブックを確かめた。

椅子が、描かれている。子供を抱いた母親が、椅子に座っているのだ。いくつかの絵に椅子は見られるが、同じものだと思われた。丸い棒状の脚が三つ、低い背もたれには蔓状の模様もあり、瑠衣の言っていたデザインと重なる。椅子のそばに窓が描かれたものもある。少しゆがんだ四角形だけが描かれているが、窓に違いない。

何度も描いて、母子を座らせた椅子は、稔にとってとても身近な、馴染《なじ》んだものだろう。それを捨てたのだから、とくべつな理由があるはずで、彼女が描く母子の絵と、つまりは、みくや史季と深くかかわっている。

翌日、千景はスケッチブックを手に、ひとりで稔の家の最寄り駅へ向かった。この辺りに住む誰かが、稔の椅子を拾ったかもしれないのだ。その人は、この駅を使っているはずだ。

夕方の、人通りの多い時間を狙い、千景は駅前に立つ。辺りはもうすっかり暗くなっていて、ちょうど会社帰りの人が駅から出てきてそれぞれの帰り道に散らばっていくところだった。

瑠衣が言うような、学生ふうの若い人をさがす。何の手がかりもないから、目についた人に訊ねてみるしかない。稔の絵の椅子だけを拡大して、写真に撮ったものを、通りかかった人に見せる。

こんな椅子を拾わなかったかと問うと、怪訝そうな顔をされるだけだ。知らない、と足早に立ち去られることを繰り返しているうち、もし拾った人がいても、なんとなく拾ったとは言いにくいかもしれないと、千景はあきらめの気持ちになってきていた。

「その椅子がどうかしたんですか？」

最後に、ともうひとり、女性に声をかけたところ、そんなふうに問い返された。

「捨てたものなんですが、事情があって取り戻したくて」

「なんだか、椅子をさがしてる人をよく見かけるので、不思議に思って」

「ほかにもいるんですか？　椅子をさがしてる人が」

思いがけない話で、千景は食いついた。

「つい最近、ゴミ収集車に食ってかかってる人がいたんです。椅子を持っていったかどうかで、ちょっとトラブルになりかけてたから、違う椅子のことですよね」

「それ、どんな人でした？」

「痩《や》せた男の人。三十代くらいかな」

史季かもしれない。彼が稔の部屋にあった椅子をさがしているとしたら、いったいどういうことなのだろう。椅子が捨てられたことを、どこから知ったのか。

やはり、稔と彼は接触しているのではないか。椅子にも何か、重要な意味があるのだ。

「この椅子のことは、何もわからないんですけど。ごめんなさい」

「いえ、ありがとうございました」

女性が立ち去ったとき、人通りが途切れた。郊外の駅は、次の電車が来るまでの間、奇妙にひっそりとする。帰ろうと、千景はホームへ戻る。

住宅街にある駅は、この時間、仕事帰りの人を詰め込んで運んでくる。一方で、繁華街へ向かうほうのホームに人はまばらだ。千景はその、人の少ないホームに立ったまま、稔のスケッチブックをパラパラと眺めていた。

ふと、視線を感じる。後ろのほうに人が立っている。並んで電車を待っているだけかもしれないが、乗り込み口は他にもたくさんあって、ほとんど誰も並んでいないのに、わざわざ千景の後ろに並ぶものだろうか。

アナウンスとともに、通過する快速急行の音が近づいてくる。背後の影が、一歩踏み出すような気配を感じた千景は、急に危機感をおぼえ、鳥肌が立ったが、どうしていいかわからず、動揺して動けなかった。

携帯電話が鳴る。あわてて手が滑り、スケッチブックを落とす。足元のそれを拾おうと、しゃがみ込むことができたとき、金縛りが解けたように、全身が自由になった。列車が通過していく風圧を感じながら振り返ると、黒っぽい人影が改札口のほうへ消えていくのが一瞬だけ見えた。

今の、いやな感じは気のせいだったのだろうか。深呼吸しながら、携帯電話を確認すると、彰からのメールだった。

〝明日、椅子をさがしに行こう〟

何か、手がかりをつかんだのだろうか。なんとなく、彰がまとわりつかせている猛獣《もうじゅう》の気配に助けられたような気がしてしまい、千景は安堵《あんど》しながら笑った。

＊

翌日、異人館画廊へやってきた彰を見て、千景は驚いた。ごくふつうの服装だったからだ。ボタンダウンのシャツにグレーのニットだなんてあり得ない。メガネまでかけている。

「何で変装してるんですか？」

千景も鈴子も、挨拶《あいさつ》の言葉も出なかったとき、一目見て、透磨が突っ込んだ。

「あれ？　何で透磨がいるんだ？」

「ちょっと近くに用があったので」

休憩がてら、お茶を飲みに来たと言っていた。

「千景ちゃんを連れ出すっていうから、どんな作戦か心配になったのか？　やっぱり保護者根性が抜けないね」

「お茶を飲みに来たんです」

すまし顔の透磨を観察してみても、相変わらず保護者の気分なのか、違うのか、千景にはちっともわからない。

「それで彰さん、わたしはどうすればいいの？」

「うん、千景ちゃんも、もうちょっと素朴《そぼく》な感じの服装にしてくれ」

彼は紙袋を差し出す。素朴な感じ、と彼が思う洋服が入っている。これに着替えろということか。

「あとこっちは、駒川家から徒歩圏内の、エレベーターのない賃貸住宅のリストだ。いちおう、三階以上の物件。二階建てなら、エレベーターがないのはふつうだからな」

リストも渡される。千景はそれに目を通す。

「これから、駒川家の最寄り駅周辺で、不動産屋を当たってみる。最近、カップルが来て部屋を借りなかったか、それとなくね」

「なるほど、そのカップルと似た雰囲気の二人組なら、不動産屋も同じ物件を紹介するかもしれない。でなくても、彼らが好んだような条件のものを出してくるでしょう」

透磨はすぐに、作戦内容を察したようだ。

「そういう役目なら、何の危険もないわ。よかったわね、透磨くん」

「ええ、そういうことなら」

自分のほうが危険なことをしたくせに、と思う千景は、昨日の駅での不穏な出来事は、気のせいに違いないと納得し、もうすっかり忘れていた。

稔の家は、最寄り駅から徒歩十五分ほどだ。昨日に続き、再び千景が降り立った駅前は、繁華街というほどのものもなく、コンビニとファストフードの店くらいしかない。不動産屋もひとつだけだ。

彰とは兄妹《きょうだい》のふりで、大学生の妹とふたりで住む部屋をさがしている、と打ち合わせ、店へ入る。明るい雰囲気の女性に案内され、彰は希望条件を伝えつつも、雑談と相談で会話を進めていく。

「このへんは治安がよさそうですよね。妹は学生だし、僕は働いてるからいつも家にはいられないし、なるべく近所には一人暮らしの男とかいないほうがいいなと思って」

シスコンかと思われそうだが、彰はふつうの服装だと意外に感じがいい。そもそも話してみると、打ち解けやすく信頼できる人だとわかるのだけれど、ふだんの服装ではまず警戒する人が多いだろう。しかし今は、早々に女性店員との間に話しやすい空気を作り出している。

「妹さん、おきれいですもんね」

「それなんですよ。ストーカーみたいなやつもいるから、心配で」

「このマンションは、ご家族での入居がほとんどですよ。近くにスーパーもあって便利です」

「ちょっと家賃が高いかな」

若いカップルなら、あまり高い部屋は借りないだろう。

「でしたら、こちらは少し駅から離れますが、夜道も明るいので安心です」

差し出されたのは、事前に彰が調べていた、三階建てのマンションだ。

「長く住んでる人が多いんですか?」

「そうですねえ、新婚さんが多いので、家族が増えて引っ越したりと、入れ替わりはありますね。でも、この前入居されたのも若い夫婦で、感じのいいおふたりでしたよ」

彰は不自然にならない程度に食いついて、その入居者のことをさぐる。

「その人たちは、このマンションのどこがいちばん気に入ってたんですか?」

「間取りはもちろんですけど、方角とモスグリーンの外観がラッキーカラーでいいとか、おっしゃってましたね」

「へえ、そういうのもあるのか」

千景は、黙って聞いているだけでよかった。

しばらく、複数の物件とそこの住人環境に関する雑談みたいな情報収集をして、彰は店を出る。店員がつい口を滑らせたことを拾い、つなげて、彰はもう、椅子を拾ったと思われるカップルに近づいていたようだった。

目星をつけたマンションに、実際に行ってみると、ひとつ発見があった。稔の家とは、川をはさんだ反対側にあるのだ。彰は、オートロックのついた入り口を、他の住人に続いて突破し、屋上へ上がる。稔の家が見えている。こちらのほうが高台になっているからか、稔の家から一ブロック先にある、粗大ゴミ置き場もわかる。

「三階からも見えるだろうな。ゴミ置き場に椅子が置いてあるのがさ」

引っ越してきて、小ぶりの椅子がほしいと思っていたところ、捨ててあるのが見えたら、行ってみようと思うかもしれない。拾ったカップルは、三階の住人だろうか。

「ここに絞れそう?」

「他の物件は、最近にカップルの入居はなさそうだった。ここで見つからなかったら、他のマンションに当たってみなきゃならないだろうけど、まずはこっちだな」

三階にある部屋は、いちおう訪ねてみたが、どこも留守のようだった。平日の昼間だから無理もない。

マンションを出て、彰は建物の周囲を一回りする。ベランダが見える位置で立ち止まり、じっと眺めていたが、ふとポケットからオペラグラスを取り出した。

何かを確認し、千景に手渡す。

「三階の端っこのベランダ、あの椅子はどう思う？」

千景もオペラグラスを覗く。ベランダに簡素な木の椅子が置いてある。鉢植えのシクラメンが載っているので、はっきりとはわからないが、背もたれの形は、稔がスケッチブックに描いていたものと似ている。

「301号室ね」

「住人は留守だけど。もう少しだけ待ってみるか」

ふたりで近くの小さな公園へ行く。マンションの入り口が見えるので、出入りする人がわかる。いちばん見通しのいいベンチに座り、観察することにする。

「寒くないか？　千景ちゃん、駅前のカフェで待つかい？」

「ううん、平気よ。わたしが調べたいことだもん」

「たのもしいな」

と微笑《ほほえ》んで、彰はあたたかい飲み物を買ってきてくれた。

時間帯のせいか、ほとんど人の出入りがない。退屈さもあって、千景はぼんやりと疑問に思っていたことを訊《き》いてみた。

「彰さんは、どうして占い師になったの？」

口に出してから気がつく。瑠衣にしたのと同じ質問だ。

「ん？　どうしたの、突然」

「なんとなく、みんなどうやって将来を決めてるんだろうと思って」

透磨は家業を継ぎ、瑠衣は好きなことに全力を注いでいる。カゲロウも得意な能力を伸ばそうと学んでいる。彰は、占いで成功しているけれど、占い師になりたかったというのとは違うように見える。

「俺の場合は、成り行き、かなあ。人を観察するのがおもしろいから、そうやって人の事情に興味津々《しんしん》で首を突っ込んで、相談に乗ったりしてるうちに、依頼が増えたんだ」

「自分のことは、興味ないの？」

「んー、俺って、つまらん男だから」

「そうかしら。どこにいても目立つのに」

彼はあっけらかんと笑う。

「派手な服は鎧《よろい》みたいなもん。それで、相手は勝手に俺のイメージをつくってくれるから、中身まで詮索《せんさく》されないだろ？」

「つまらない人に、人は集まらないわ」

「千景ちゃんは、やさしいなあ」

「やさしいなんて、言われたことないわ」

慰《なぐさ》めでも同情でもなく、本当にそう思っているから言っただけだ。

「わたしは、たぶん冷たい人間だと思うの。人のことは、あまり知りたいって思わなかった」

「知りたいと思う人もいるだろ?」

それは、でも、最近のことだ。少しずつ、自分の中に新しい感情が芽生《めば》えている。透磨が好きだという気持ちも、昔とは少し違う。

子供のころはただ、自分のほうだけを見てほしかった。自分だけが彼のとくべつな存在でいたかったけれど、今は、透磨の周囲の、彼が大切にしているものに嫉妬《しっと》心はわかない。むしろ、透磨の周囲が千景にとっても貴重なものになりそうな、そんな予感がする。

「彰さんは、わたしのことも観察してる?」

彼はまた笑う。

「うん、興味津々だよ。今度はどんな絵を俺たちに見せてくれるのか、楽しみだね」

豹柄も原色もない服装でも、彰には力強い存在感が漂う。透磨の親友である彼もまた、千景にとっても貴重な、心強い味方なのだ。

「今の老夫婦、長いこと住んでそうだな」

ちょっと待ってて、と言いつつ、彰は駆け出していく。マンションから出てきたところだった彼らに声をかけ、何やら話している。

しばらくして戻ってくると、千景にピースサインをしてみせる。

「あの部屋、最近引っ越してきた若いカップルが住んでるそうだ」

「本当？　だったら、あとは椅子を見せてもらえれば……。あ、でも、あやしまれるかしら。捨てた椅子をさがしてる、なんて」

彰は少し思案し、大丈夫、と千景の肩をたたく。

「そこはどうにでもできるさ」

＊

一人暮らしで自殺を失敗すると、いろいろ面倒だ。なにしろ自分で、後片付けをしなければならないのだから。そういう意味では、風呂場で手首を切ったりしなくてよかったと稔は思う。

退院し、自宅へ帰ってきた稔は、風呂掃除は免《まぬが》れているとはいえ、億劫《おっくう》な気持ちで玄関をあがり、驚いた。自分が救急車で運ばれたときのままの、乱雑な状態を覚悟していたが、どういうわけか片付いていて、掃除もされていたのだ。

台所のダイニングテーブルに置いてあったメモは、会社の同僚からだ。同じ班の仲間が数人、来てくれたようだった。会社には病院から連絡が行ったらしく、上司が駆けつけてくれた。そのときに、保険証や財布を持ってきてくれるように頼んだのだ。家へ入って、見かねて片付けてくれたのだろう。

親しい友達はいないつもりだった。自分を好きになれない稔は、周囲と深くかかわらないようにしていたからだ。

二年前に入った今の会社では、みくのことは上司にしか話していないし、そこから漏れることもなかったのか、誰にも訊かれなかった。稔にとっては、変に気を使うこともなく、仕事はきちんと続けることができた。それは、周囲が無関心だったのではなく、気遣いがあったからこそだと、今さら身に染みる。

縁側に面した父の部屋に、久しぶりに足を踏み入れたのは、どういう心境だったのだろう。介護用のベッドはもうなく、がらんとして感じられたが、チェストの上には木製の十字架とキリスト像がある。

父は、息を引き取る前に神父を呼んで秘蹟《ひせき》を授かり、安らかな表情でこの世を去った。最期《さいご》まで、彼の目に映っていたのは、稔ではなく神だった。

十字架を見つめていると、祈りたいような、許しを請《こ》いたいような、それとも苛立ちをぶつけたいような、わけのわからない感情がこみ上げてきて、稔は目を背ける。

信仰を持たない稔にとって、神は見えない。十字架の向こうに見るのは、父の姿だ。父が自分の後悔を、稔のせいにしていたのは、信仰心とは無関係の、彼の弱さゆえだった。彼は正しくなんかなかったのに、子供にとって父という存在は、神みたいなものだった。

父と向き合うことは、まだできそうにないけれども、生きて戻ってきたからには、いつかそうすることになるのだろうか。

いつか。そんなふうに考えるくらいに、死はもう、彼女から遠ざかっていた。

台所へ戻り、水を飲もうと冷蔵庫を開けると、プリンがひとつ、ぽつんと入っていた。コンビニのプリンだ。すぐに、史季が来たのだとわかった。プリンの下に、数枚の一万円札が置いてあったのだ。

どこから入ったのか、などと考えるのは無意味だった。搬送されたとき、玄関は鍵が開いたままだったはずだ。同僚が鍵をかけてくれるまでは、誰でも出入りできたのだから、その間に史季が入ったのだろう。彼はまだ、無意味な懺悔《ざんげ》を続けている。

いくら後悔しても、失った時間は戻らない。ただ、罪の意識に苛《さいな》まれるのを紛《まぎ》らわせたくて、あがいてしまう。

できることは、これ以上罪を犯さないことだけだ。わかっていても人は、過《あやま》ちを修正しようとあがくほど、罪を重ねる。史季をとがめることも止めることも、稔にはできない。

止めるから、と、だから力を貸してほしいと、あの人は言ってくれたけれど。

千景のことを思い出し、稔はテーブルの上を見回す。最初に会ったとき、連絡先を書いたメモをもらったが、レシートや郵便物とともにそのへんに放り出した気がする。それらは同僚が、テーブルの隅《すみ》にまとめてくれたようだ。

せっかく整理された山を崩しながら、稔はメモをさがすが、見つからない。捨てたか、どこかに紛れ込んだのか。

けれどなんとなく、気になった。もしかしたら……。

＊

サイネリアが咲く庭に、赤いコートを着た小さな女の子がしゃがみ込んでいる。透磨は一瞬、幼い千景の姿に見えて、足を止めていた。

すぐに母親らしい女性が現れ、女の子の手を引いて、透磨とすれ違うように出ていく。異人館画廊を訪れていた母子なのだろう。見送って、透磨はサロンへ入っていく。

「いらっしゃい、透磨くん」

いつものように、鈴子が微笑む。

店内には数人の客がいる。お茶とお菓子を楽しみながら、絵を見たり、談笑したり、おだやかな時間を過ごしている。そんな中、ひとり浮いている雪豹柄のジャケットを着た男に、透磨は近づいていく。同じテーブルにつき、コートを脱ぐ。

「ダンディーケーキ、ですね」

彰が食べているのは、ドライフルーツやナッツがたっぷり入ったケーキだ。

「スコットランドの名物なんだろ?」

「ええそうよ。クリスマスに食べる人も多いわ」

「鈴子さん、僕もこれ、いただきます」

「はい、用意するわね」

返事をしながらも、別の客に呼ばれて、鈴子はテーブルの間を忙しく動く。楽しそうに談笑しているが、瑠衣の姿がない。

「瑠衣さんには、椅子をもらいに行ってもらった」

「駒川さんが捨てた椅子ですか？」

「千景ちゃんに聞いてるだろ？」

「マンションのベランダにあるのを見つけたそうですが」

「うん、それをうまく譲ってもらえるように、瑠衣さんが交渉に行ってる」

瑠衣ならきっと上手《うま》くやれるだろう。

「千景ちゃんは、チャリティー絵画展の準備だって？」

「そうみたいですね。クリスマスイブから始まるとか」

もう今週末だ。

「アウトサイダー・アートに、意外と興味持ってるみたいだね。専門が古典的西洋画だから、あんまり関連なさそうなのに」

千景にとっては、関連があるのだろう。彼女が知りたいことの、手がかりみたいなものを、アウトサイダー・アートに感じているのだ。

「今後の研究テーマにも、つながりそうなんじゃないでしょうか」

「もう決めてるのか？」

「わかりませんが、博士論文のために大学へ戻るのが、彼女にとっていいことなんでしょうね」

「寂しい?」

寂しい、のだろうか。透磨は悩む。

千景自身は、まだ学び足りないに違いない。これまでは、図像術を掘り下げることにためらいがあっただろう。自覚していなくても、千景が記憶をなくすことになった誘拐事件は、図像術とからんでいた。かつて千景は、図像術を描くことができたけれど、記憶を失うことで、彼女自身がその能力を封印したのだ。

思い出すことを不安に思いながら、研究を続けるのは無理があった。

けれどもう、封印は解けた。あとは彼女自身が、どうやって自分を解放していくかだ。あるいは、どんなふうにコントロールしていくのか。そうして、将来のことを考えるためにも、大学に戻るのは自然の成り行きだろう。

「千景ちゃんのことだから、論文なんてあっという間に書いて、また戻ってくるんじゃないかな」

「戻ってきますかね」

「ここが彼女の家だろ? それに、キューブが集まる場所だ」

千景の記憶は戻ったけれど、絵を描く能力は今のところ、封じられたままだ。この先も、千景は描こうとしないだろうし、図像術を描く力がまだあるのかどうか、知ることもないだろう。

　けれど、研究者としての道をさらに進むなら、知らないままでいられるだろうか。失われた技術であるはずの図像術だが、新たに描ける可能性があるのなら、そこからもっと、図像術の本質を知りたいと思うことだろう。

　記憶が戻っても、彼女は事件を受け止めることができた。これからも研究を続け、いつか自分の能力とも向き合えるようになれるなら、それが千景にとって、本当に必要なことだ。そのとき透磨は、どんなふうに彼女のそばにいるのだろう。

　そばにいないかもしれないなんて、まったく考えていない自分に苦笑する。

「とりあえずは、土橋邦宏《くにひろ》の〝カラヴァッジョ〟が、キューブの目的だ」

　千景はひたすら、絵を追おうと努めている。警察は、史季が下村を突き落としたという線でも調べ始めているというが、もしも最初に稔が言ったように、絵を見たために転落死したとすると、危険な図像術が野放しになっていることになる。それも、千景にとっては放置しておけないことなのだ。

　ふと携帯を見ると、メールが送られてきている。千景からだとわかり、内容を確認すると、稔から連絡があったのでこれから会いに行くとあった。

　稔からどんな用件だろうと、少し気になっていると、彰が「どうした？」と問う。

「ええ、千景さんが、駒川さんに呼び出されたらしくて」

「ふうん、史季のことか、それとも駒川さんがチャリティー絵画展に絵を出す気になったのか」

絵画展のことだったら平和的だが、心配だ。何かわかったらすぐ報《しら》せてほしいと、透磨はメールを返す。

「史季はまだつかまってないようですが。例の椅子は手がかりになるんでしょうか」

「ああ、その手がかりがやってきたようだ」

窓の外に目を向けた彰がそう言って間もなく、ガラス戸を開けた瑠衣がこちらを覗き込んだ。

6
降誕の夜

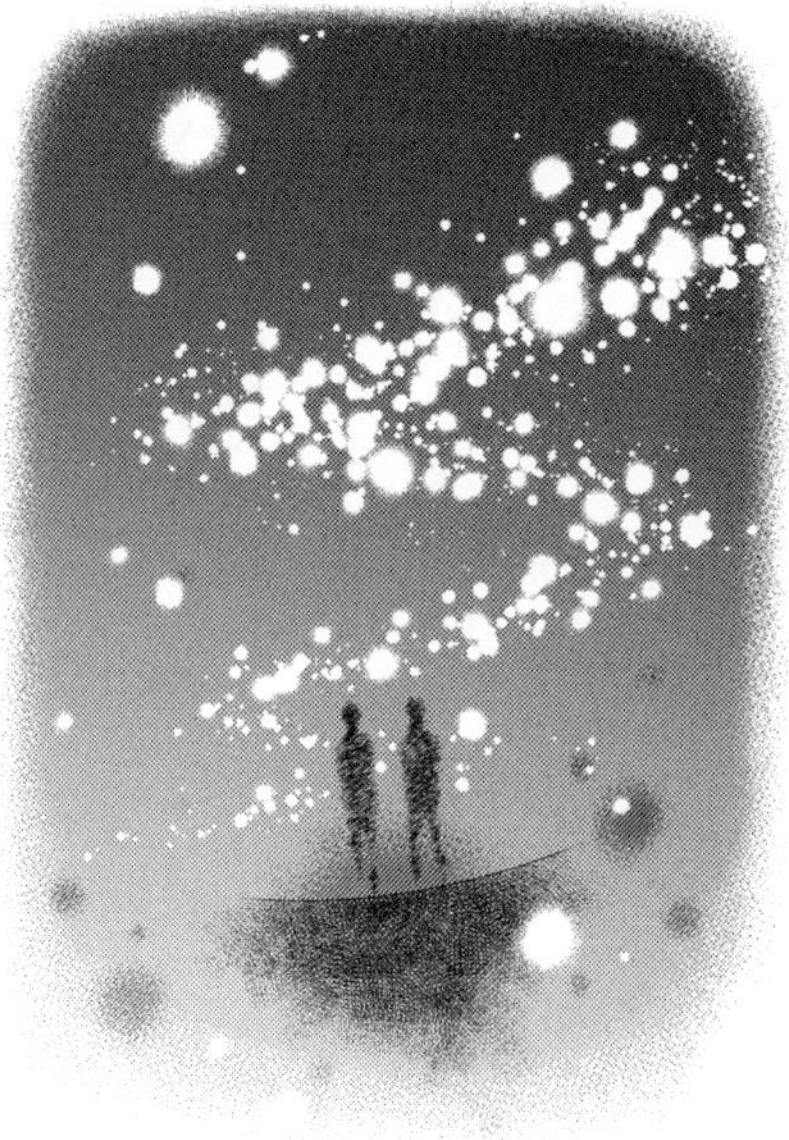

郊外にある樅《もみ》の木公園は、すっかり日が暮れると同時に、明るく輝き始めている。その明るさに吸い寄せられるかのように、いくつもの人影が公園の門をくぐっていく。

門を入ってすぐのところにある噴水へと、千景《ちかげ》が近づいていくと、ライトアップされて輝く噴水に背を向けて、突っ立っている稔《みのり》の姿が見えた。

遠目には、やはり男性に見える。マフラーをゆるく首に巻いて、ダウンジャケットのポケットに両手を突っ込んでいる。千景に気づくと、ポケットから手を出して会釈《えしゃく》する。

「此花《このはな》さん、急に呼び出してごめんなさい」

「いいえ、平気です。駒川《こまがわ》さん。お加減はいかがですか？」

「ええ、もう平気です」

「そうですか。よかったわ」

「此花さんにもらった連絡先のメモをなくしたので、チャリティー絵画展の主催者に問い合わせました」

そちらから千景に連絡があったのだ。そうして稔と電話で話し、ここで待ち合わせることになった。

この時期公園は、イルミネーションで彩られている。樅の木の並木道は、いくつものクリスマスツリーが立ち並ぶかのように、七色の光で彩られ、光のアーチが立ち並ぶ。それを目当てに、公園の奥へと向かう人の波は、千景たちのそばを足早に通り過ぎていく。

「これが、あなたの名前で来たメールです。でもこれ、駒川さんが送ったものじゃないんですよね？　いったい誰が……」

千景は携帯の画面を見せる。差出人は駒川稔になっていて、話したいことがあるから、樅の木公園の「光の道」へ来てほしいという内容だ。稔と電話で話すよりも、少し前に届いていたメールだった。そのことを電話で伝えると、稔は、メールが指定した場所へいっしょに行くと言ったのだ。

「たぶん史季《しき》が、あなたに近づこうとしています」

誰もが楽しそうに、笑顔を浮かべている中、稔は切羽詰まった表情だ。

「史季さんは、わたしに、何を求めているんでしょう」

稔は答えず、ゆっくりと歩き出す。千景も歩調を合わせる。道の先が明るい。木々に花が咲いたような、色とりどりのイルミネーションが輝いている。あれが「光の道」だ。

「ここへは、史季さんと来たことがあるんですか？」

千景の問いに、稔は意外そうな顔をした。千景は重ねて問う。

「彼のことは、好きだったんですよね。きっと今も」

「どうして、そんなふうに思うんですか？」

彼女の絵には、こんな木がいくつも描かれていた。星をまとった木の、色とりどりのイメージが、画面を埋めるように細かくびっしりと並んでいた。千景はこれまで、装飾的なものとしか認識していなかったが、この場へ来て理解できた。あのイメージにははっきりした意味があったのだ。

母子の絵にも、ペリカンの絵にも、空間を色で満たすかのように描かれていた。

「あなたの絵を、見たからです。この場所は、あなたの絵を彩る重要なモチーフなんですよね」

急に始まる光の回廊へ進みながら、稔は木々を見上げた。

「街路樹が、光のアーチみたいでしょう？　ここまで来る道も、イルミネーションが途切れた向こうも暗いのに、ここを通り抜ける間は光が降り注ぐなんて、奇妙な感じなんです。光の道がもっと長かったらいいのにって言ったら、彼は、短いからまぶしいんだって」

そう言ったのは、史季だろう。稔はきっと、その言葉に共感した。

「此花さんは、好きな人はいるんですか？」

稔は唐突に問うが、千景には自然な問いに思えた。彼女が千景に話したいと思うなら、千景自身のことを問うのも当然だと。

「好きな人は……、います。でも、好きって言葉で説明しきれないような人です」

「とても大切な人？」

「もし、恋人になれなくても、友達でも家族みたいな関係でも、たとえ会えなくなっても、好きでいるんだろうなって思うんです」

不思議と千景は、素直に話している。稔の絵を知っているからだ。彼女の絵は、彼女のすべてをさらけ出した絵だから、千景もそのままの自分を見せたいと思う。

「そういう人に出会えるのは、とても幸運ですね」

稔にとって史季も、大切だったはずだ。

「もともと、出会わないほうがいいっていう関係もあるんだと思います」

千景が問うでもなく、稔は自分からつぶやく。

「彼とは、自殺をしたい人同士が会うっていうサイトで知り合ったんです。でも、彼に自殺願望はなくて、知り合った相手の金品をくすねるっていう、馬鹿《ばか》げた犯罪を繰り返していました」

「だけど、彼と会って、駒川さんは死ぬのはやめたんですよね」

頷《うなず》くわけでもなく、稔はゆるりと目を伏せる。

「父が死んだあと、私はすぐ死ぬつもりでした。ずっと、自分が汚れていて、価値がないように感じていたし、父と同じ場所には、天国には行きたくないって、それしか考えられなかったから。史季と知り合って、死ぬのを先延ばしにしたのは、なぜなんでしょうね。彼はくだらない男で、悪いことばかりしてたけど、彼と会ったこれまでの自殺志願者も、結局死ぬのをやめて帰ったっていうくらい、思い悩むのがバカバカしくなるような人」

死ぬ前に、と、財布の中身を使い果たして、いっしょに食べたり飲んだり歌ったりして、そのうち毒気を抜かれてしまう。そんなふうに稔は語る。

「彼が私のことを、男でも女でもどっちでもいいって態度だったから、気楽だった。たぶん私は、女としても彼のことが好きだったけど、それは認めたくなかったし、彼からも女として見られたくなかったんです。だから、……離れました」

「みくちゃんのことは、伝えなかったんですね」

「はい、その必要はないと思ったから」

史季の代わりに、今度はみくが、彼女の生きる意味になったのだろう。

「みくがいなくなって、今度こそもう何もなくなったと思ったら、土橋《どはし》さんが絵を遺《のこ》していきました。それを見て、思ったんです。私がいなくなったら、みくも存在しなかったことになるんじゃないかって。たぶん、みくの痕跡《こんせき》を残したくて、絵を描き始めたんです。みくの色鉛筆とサインペンで」

けれど、絵を捨ててしまった彼女は、また生きる意味を見失ったのだ。

「父が死んでから、いろんなことがあって、私は結局死ねないままです。だけど、終わりの時期を延ばすほど、よくないことが重なっていくだけ」

光の並木道は、いつまでも続くわけじゃない。

「此花さん、それに西之宮《にしのみや》さんも、もう私にはかまわないでください。史季にも……。彼が、土橋さんの絵を見たかどうかはわからないけど、見てなくても、ずっと、家族を壊した絵にとらわれてきたんです。あの絵に、私も史季も呪われています」

それでも、彼女はここへ来て、輝く木々を眺めている。稔の人生も、暗がりと暗がりの間に、短くてもまばゆい光の道があったはずだ。史季と過ごした時期も、みくがいたときも、絵に情熱を注いだことも、彼女にとって光の道だったのではないのか。

これからだって、どこかで光は現れるはずなのだ。

「もし、わたしたちにもよくないことが起こるとしたら、それは、絵のせいじゃない。あなたと史季さんの、秘密に近づきすぎるからですよね」

千景の言葉に、はっとしたように稔は立ち止まった。イルミネーションの出口はもうすぐだ。史季は現れない。千景がひとりではなかったからだろうか。

その先はもう暗い。光の余韻《よいん》を背に、立ち去っていく人の列がぼんやりとうごめいている。

「椅子《いす》を見つけました」

　表情の薄い稔の顔に、緊張の色が浮かぶ。

「何のことですか？」

「どうして、捨てたんですか？　あなたのスケッチブックにも描かれていた、素朴《そぼく》な木の椅子です。ゴミ置き場にあったのを、拾った人がいるんです」

　身じろぎひとつせず、稔は千景を見ることもなく立ち尽くしている。

「わたしは、事件の真相が知りたいわけじゃありません。ただ、土橋さんの〝呪われた絵〟を確かめたい。だからもし、駒川さんと史季さんにまだつながりがあるなら、彼に伝えてもらえませんか。絵を譲ってほしい、と」

「つながりなんて、とっくに切れた関係です」

「強盗犯は下村《しもむら》だけですか？　史季さんもその場にいたんじゃないですか？　下村が窓から落ちたのは……」

「いいえ、その場にいたのは、強盗犯と私だけです」

　千景の言葉をさえぎり、稔はきっぱりと言う。

「椅子のことは、忘れてください。でないと……」

　稔はふと言葉を切る。彼女の視線は、千景の後方に注がれている。振り返る千景は、人混みに目をこらす。頭上を彩るイルミネーションは明るいが、地上は思いのほか暗い。そんな暗がりを、ゆっくりとこちらへ向かってくる人影がある。

史季だ。会ったこともない相手だけれど、その人に向ける稔の複雑な視線に、千景がそう確信したとき、彼の手に握られたナイフも、意識に飛び込んできた。

＊

統治郎《とうじろう》のアトリエに、小ぶりで素朴な木の椅子が置かれる。瑠衣《るい》が手に入れて、借りた車で運んできたところだ。

透磨《とうま》は椅子をよく観察する。黒っぽい色合いで、丸い座面は座る人を受け止めるようにくぼんでいる。脚《あし》は、上のほうが少し太くなった筒状だ。低い背もたれには、葡萄《ぶどう》の蔓《つる》に似た装飾がある。

稔が描いたスケッチブックの絵と同じだ。彼女が捨てた椅子に間違いないだろう。

「うまく譲ってもらえたんですね。父の形見だとでも言ったんですか？」

瑠衣のことだから、想像力を発揮して、この椅子にまつわる思い出話を作り上げつつ、相手を泣かせでもしたことだろう。

「当たり。でも、彰《あきら》くんの手回しが効いたからこそだよ」

彰はにんまり笑う。

「知り合いの占い師が、毎週SNSに占いをアップしてるんだけど、そこに書いてもらった。〝思いがけない訪問者。人助けの機会はラッキーチャンス〟って」

「それ、椅子を拾った人が読むとは限らないじゃないですか」

「部屋を借りたとき、方角と色がいいって言ってたらしいからさ。そういう占いがあったかどうか調べたら、その人が書いたものにぴったり当てはまってた。だから、その占いコーナーはいつも見てるだろうってこと」

見知らぬ他人が突然家へやってくれば、ふつうは警戒する。拾った椅子をベランダに置いていたとはいえ、突き止められたのは不快に思うだろう。そこに、占いとはいえ、来客を予見するような情報があれば、ずいぶんと印象は違うようだ。

ともかく、椅子は手に入れた。問題は、稔がどうしてこれを捨てたのかだ。

「じつはこの椅子、座ってみたら壊れてたんだって。だから捨ててあったのかって言ってた。でもデザインはいいから、いちおう接着剤でくっつけて、ベランダの植木鉢置きに使ってたらしいよ」

床に置いた椅子は、少し傾いていて不安定だった。

「どこが壊れてるんですか？」

椅子をひっくり返し、彰が検分する。

「ここか、接着剤でくっつけてある。脚が一本、はずれたみたいだ。横木も折れてる」

「そんな壊れ方する？　古い椅子だけど、木はしっかりしてるよね」

瑠衣が言うように、ふつうの壊れ方ではない。

「不自然ですね」

「何かにたたきつけたら折れるかもな」

「乱闘があったんでしょうか」

「強盗犯と争って、椅子で殴ったとか？　それで強盗犯は窓から落ちて……」

しかしそれなら、もっと傷があってもいい。椅子にはもちろん、小さな傷があるが、いかにも古い傷で、使い込んだしるしといったものだ。新しい傷なら、表面とは違う木の色や、引っかかるような手触りがあるだろう。

「これは、窓際にあったんですよね」

「千景ちゃんはそう言ってただろ？　窓の上にある棚のものを取るために置いてたんじゃないかって」

透磨は、稔の部屋を思い浮かべる。千景は、目の前にあるかのように正確に思い浮かべることができるというが、透磨はそうもいかない。それでも、窓の前に椅子がある様子は想像できる。

上には棚があり、そこに筒状に巻いたカンバスが置いてあったなら。強盗は、稔を拘束《こうそく》して目隠しをし、目的のものを奪おうと棚に向かう。下村の身長は不明だが、かなりの長身でなければ手は届かない。ちょうど椅子が置いてあるのだから、踏み台代わりにするだろう。

椅子の上に立って、棚に手をのばす。そのとき、椅子がぐらつき、脚が折れたら。

透磨の頭の中で、男はよろけ、そのまま窓の外へ投げ出される。

「もし、細工をしていたなら……？　下村が来るのをわかっていて、椅子の上に立つよう仕向けたんじゃないでしょうか」

「えっ、それは、史季が？」

彰が腕組みする。史季は下村に弱みを握られ、犯罪に加担させられていた可能性がある。動機にはなり得るだろう。

しかし、史季と稔は、事件前に連絡を取り合ってはいなかったと、警察が調べている。彼が稔の家にある椅子に、細工はできない。

「史季は〝カラヴァッジョ〟をさがしていたかもしれませんが、それを下村に話す必要があるでしょうか。他の絵は、彼と共犯で盗んでいたとしても、〝カラヴァッジョ〟はとくべつです。それに、駒川さんの手に渡ったと知ったら、なおさら下村には隠そうとするんじゃないかと思うんです」

土橋の絵を持ち去った駒川稔が、かつて親しかった人物だとわからなかった、というのは本当だろうか。父親が何より大事にしていた絵を委《ゆだ》ねた相手のことなら、史季は、顔を見てやろうと思うのではないか。お互いに本当の名前を知らなくても、顔を見れば、史季は、稔のところに強盗に入ろうとは考えないはずだ。

「史季が、下村を誘ったわけじゃないとしたら……」

彰は深刻に眉をひそめる。透磨は頷く。

「駒川さん自身しか……。彼女は、史季に下村の話を聞いていたでしょう。史季が今も、下村に苦しめられていると、知っていたかもしれません」

「で、高価な絵を持っていると、それとなく下村に情報を流した?」

瑠衣の表情も険しくなっていく。

そうして稔は、下村が〝カラヴァッジョ〟を盗みに来るのを待った。その証拠が、この椅子だ。

「千景さんは、駒川さんと会うと言ってたんです」

透磨はあせりを感じていた。

「椅子をさがしてることに、もし駒川さんが気づいていたら……」

「やばいな」

あわてて携帯を取り出し、透磨は千景に電話をするが、出ない。

「どこで会ってるんだ？」

「あ、そういえば、千景ちゃんが言ってた。イルミネーションがきれいな公園って。行ったことないからって道順調べてたから」

「イルミネーション？　この時期、いろんなところにありますが……」

「たぶんこれだよ。最寄り駅をいっしょに確かめたから」

瑠衣が差し出すサイトの画像は、光のアーチに彩られている。ふだんは、町の憩《いこ》いの場といった静かな公園だが、毎年この時期はイルミネーションで人を集めている場所だ。

「これは、樅の木公園ですね」

透磨は見るなり、アトリエから駆け出していた。

*

こんなに人がいるのに、誰もナイフに気がつかない。押しのけられた人も、混雑のせいだと思うのか、気にとめていない。向かってくる史季を見ても、それが現実なのか千景はなかなか認識できず、映像でも見ているような気持ちで突っ立っているだけだ。

急に、誰かが目の前に割り込んだ。ぶつかり、はずみでよろけた千景は、そばの木にもたれかかってどうにか転ばずに立っている。稔が千景の目の前で、脇腹を痛そうに押さえている。黒いダウンジャケットが切り裂かれ、覗《のぞ》く白い羽根が赤く染まっている。

ナイフを持った男は、もはや武器を構えることなく、呆《あっ》気《け》にとられた様子で稔を見ていた。

「ミノル……、なんで……」

「シキ……、お願いだから、もうやめよう」

苦しそうに目を伏せ、史季はつぶやく。

「おれたちは、呪われてるんだ。あの絵がおまえを呪ったから、あんなことをしたんだろ？」

あんなこと、とは何か。わからないまま、千景はふたりのやりとりを聞いている。崩れそうな稔を抱きかかえながら。

「違う。呪いなんかじゃないんだ」

稔は力を込める。周囲が異変を感じたのか、ざわつく。史季のナイフに気づいた人が、あわてて遠ざかる。警備員らしき人が駆けてくる。

「シキは悪くないから……。すべて私のせいだから」

稔は、その場を離れようというのか歩き出す。千景は、あわてて追いながら、ふらつく彼女に手を貸す。史季はどこへ行ったのか、振り返るともう姿が見えない。

イルミネーションから離れ、暗い林の中へ入っていった千景たちは、ひとまず人混みからは遠ざかるが、誰かが通報したのか、パトカーのサイレンが聞こえてきていた。

「……此花さん、ごめんなさい。危険な目に遭わせて」

人気《ひとけ》のない小道まで移動し、ベンチに座り込んだ稔は言う。

「救急車を呼ぶわ」

千景は携帯を取り出すが、彼女は止めるように千景の腕をつかむ。

「だめ、怪我《けが》を不審に思われる」

「だけど」

「傷は深くない」

それでも彼女は、痛みにうずくまり、血の染みが広がっている。サイレンはますます近づいてくる。

「だから、彼を追わないでください。彼はもう二度と、罪を犯したりしないから」

稔は、千景に訴えているようでいて、さらに奥の茂みを見つめている。そこには史季がいるのだろうか。彼はまだ、千景を狙っているのか。

振り返るが、暗くてよく見えない。ただ、茂みがゆれる。誰かが、そこから立ち去ろうとしている。遠ざかる気配に向かって千景は、伝えなければならないことを叫ぶ。

「お願い、絵を、土橋さんのカラヴァッジョをわたしに委ねて。そうしてくれるなら、彼女はきっと守るから！」

聞こえただろうか。だとしても、彼がその気になってくれるかどうかもわからない。しかし、史季は稔を守りたいのだ。たぶん、強盗事件のときも、その後透磨からお金を奪ったときも、もしかすると千景に刃物を向けたのも、たとえ間違った行為でも、稔のことを考えているようだった。それほどの思いがあるなら、稔の無事は、彼を動かせると信じるしかない。

稔が急に、体を硬くした。顔を上げた千景に、暗がりからライトの光が向けられる。警察？　いや、ライトの向こうにいる人物は、ひとりだけだ。

「千景さん！」

透磨だ。逆光で見えなくても、声と気配ですぐにわかる。どうしてここへ現れたのか、疑問に思うよりも千景は、ほっとして彼に駆け寄っていた。

　彼は千景の腕をつかみ、引き寄せると、守るように稔から距離を取る。

「よかった、無事だったんですね」

「来てくれてよかった、助けてほしいの」

「いったい何が……」

　警戒しながら稔をにらんでいるが、彼女はあきらかに怪我をしている。

「駒川さんを連れて、ここから逃げられる？　救急車もダメ」

　パトカーのサイレンが、あちこちから聞こえてきているところだ。

「は？」

　透磨はあからさまに不機嫌だ。

「彼女はわたしをかばってくれたの」

「いったい誰が、あなたを襲ったんです？　もしかして史季ですか？」

　稔は苦しそうに頷く。

「此花さんが、椅子を見つけたからだと……」

　透磨はますます、冷ややかな目をつり上げた。

「すべて、警察で話してください」

「はい……、話します。でも彼は今、自暴自棄になっているようで……」

「ねえ透磨、彼から絵を受け取ってからでないと。追い詰めたくないの」

「本当に図像術《ずぞう》でしょうか。見たはずの人は、とりあえず生きているようですが」

透磨は稔を一瞥《いちべつ》する。

「だけど、はっきりしない今はまだ、不特定多数に見せるべきじゃない」

ため息をひとつついて、透磨は稔に近づくと、肩を貸して立たせる。

「すぐそこの通りに、彰が車をとめて待っています」

木々が植わる茂みを抜けると、人気のない道にワゴン車があった。


「呪われた絵の話は、子供のころに、父に聞かされたことがあります。悪魔の所業で、神を信じる人々を陥《おとしい》れようと、宗教画に悪意を込めたものがあるという話でした。けれども真に神を信じていれば、けっして魂《たましい》を穢《けが》されることはないとか、そんなふうに聞いていたから、説話のひとつだと思っていました。今も、正直言って私は、悪魔を信じていません。神も、信じてない。でも、絵に心を奪われたことはある。土橋さんの〝カラヴァッジョ〟を見て、生まれ変われるんじゃないかと思えました。マグダラのマリアのように、人は変われる。女であることも、恥じることじゃない。その姿も魂も強くて美しい、そんな絵でした。絵の女はたぶん、マグダラのマリアではないし、聖母とも違うけれど、ふたつのイメージが重ねて投影されているように、私には見えました。聖女でないなら、とても世俗的な、ただの母子。なのに、わけもなく涙が流れました。ただの人だから、無数にいるありふれた母子だから強いんだと、そう感じたんです」

稔は、長い話を始めていた。寂しい一軒家の、たぶん子供のころから暮らし続けた彼女の部屋で、千景は透磨とその話を聞いている。

彰のつてで、稔の怪我は医者に診《み》てもらうことができた。料理をしていて手が滑ったことになっている。そこを追及しない医者だ。

「私は、子を亡くしました。それでも絵は、私を認めて励ましてくれるような気がして、みくをいつまでも抱いていたいと願いました。それで、自分で絵を描いたんです。私の中に生まれた、母子のイメージを、みくが確かにいたことを、見える形にしたくて。その絵が、史季にどんなふうに見えたのかはわかりません。でも彼は、事実を理解しました。自分たちに子供がいて、天に召されたことも……」

幸い、稔の傷は浅く、傷口を縫って帰宅することができた。痛みも今はやわらいでいるのか、落ち着いた様子だ。

「此花さん、私は、あなたをかばったんじゃない。史季にこれ以上、罪を犯してほしくなかっただけなんです」

　わかっていることだから、千景は黙って頷く。

「それで、あなたは下村を殺したんですか？」

　透磨は突然、そんなことを言い出した。

「えっ、透磨、何を言うの？」

「捨てられていた椅子に、それらしき痕跡がありました。下村がカラヴァッジョを盗みに来て、窓辺の椅子を踏み台にしたとき、壊れるようにしていたんですね。それで彼は、バランスを崩して窓から落ちたと」

　千景には驚くことばかりだ。しかし稔は、冷静に頷いている。

「下村のことは、たびたび史季に聞いていました。使いっ走りから小さな犯罪に巻き込んで、それをばらすと脅されて、ますます言うことを聞くしかなくなるんです」

「下村に、高価な絵があるという情報を流したのもあなたですか？」

「下村は、数年前にほんの少し会っただけの私を、おぼえていませんでした。だから、下村の行きつけのパチンコ店で、隣の席に座って世間話を何度かしながら、高価な絵を拾ったと、自分のことを話したんです」

「史季さんは、あなたが土橋さんの絵を持っていることは知っていたんですか？」

「土橋さんが亡くなってから、彼は絵の行方をさがしていたようで、私が持っていることを知ったようです。それを盗むという下村の計画を耳にして、それで史季は、私に絵を手放すよう忠告しようと……」

稔は、思い出そうとしているのか目を閉じる。

「たまたま、あの日、史季は下村が窓から落ちるのを見たんです。それで、家へ駆け込んできて、縛られている私を発見しました」

「数年ぶりの再会が、そのときだったんですね」

「再会……、そうですね。私は目隠しをされていたので、彼の声しか聞いていませんが」

ならば、本当の意味でお互いの顔を見たのは、さっきの公園なのか。史季のナイフで稔が怪我をするという再会だった。それではあまりに痛ましい。

「あのとき彼は、縛られている私を解放しようとしました。でも、そのままにしてと頼んで、誰にも見られないうちに出ていってもらいました。土橋さんの絵を持っていくように伝えたけど、ペリカンの絵も、持っていったんですね」

壁中に貼《は》ってあった絵を見て、彼は、稔と別れてからの数年間に、彼女の身に起こったことを理解した。そうして、その中の一枚を、二羽のペリカンの絵を持ち帰った。

　史季がその絵に何か貴重なものを感じたなら、ふたりはあの絵の中でペリカンの姿になって、みくに寄り添うことができたのだろうか。

「彼は、壊れた椅子も見たはずです。私がやったと気づいていたでしょう。前に、窓辺に椅子があるんだと話したことがあるから。自殺は大罪だけど、事故死なら許されるかなって。窓辺の椅子を踏み台代わりにしてるけど、ちょっとぐらつくから、そのままにしておいたら死ねるかもって、話したことがあるんです」

　だから史季は、椅子に気づいた。下村が窓から落ちた原因を察知し、椅子を持ち出してゴミ置き場に置いていった。たぶん、回収シールのないゴミは持っていってくれないと知らずに。

「みくのことも、下村のことも、史季にとっては知らない間の出来事で、彼のせいじゃないのに、罪悪感を植え付けてしまいました。私はどこかで、彼を恨んでいたのかもしれません。本当の私を受け入れてくれることを望んでいたのかも……。それすら確かめずに逃げたのは私で、だから、私が描いた絵は、呪われた絵になったんです。史季にとっては、土橋さんが家族より大事にした絵も、私が描いたみくの絵も、呪われた絵なんです」

　家族に恵まれなかった史季にとって、土橋の後悔も、稔とその子も、もう手に入らない。痛みばかりを史季に自覚させる絵は、彼を苛《さいな》んだだろう。

でも、史季は稔の絵に傷ついたのだろうか。むしろ、大切にするべきものを見つけたのではないか。ただ、守る方法がわからないから、間違ってしまっているだけ。

千景にも、まだよくわからない。大切なものはあるのに、自分の傷を守ることに精一杯で、忘れ、切り捨ててきた。

それでも彼は、千景に寄り添ってくれていたのに、これからどんなふうに、その人とかかわっていくのか、どうしたいのか、わからないままだ。

ただ、確かなこともある。千景は人と、絵でつながっている。透磨との間にも、これまでもこれからも絵があるだろう。稔と史季と、そして土橋も、似たところがあるのかもしれない。

「駒川さん、懺悔《ざんげ》も呪いもなくていいんです。あなたはまだ、絵が描けます。彼を救うこともできるはずです」

＊

古いビルの屋上から、公園のイルミネーションが見えていた。あのころ、史季が住んでいた雑居ビルの屋上だ。がらんとした事務所みたいな部屋に、ベッドと冷蔵庫と、少しばかりの生活必需品を持ち込んで暮らしていた。知人に頼まれたとかで、どうにも占有屋《せんゆう》みたいなことをしていたようだ。

公園の中だけは街の光が及ばず、黒く塗りつぶされているかのようなのに、そこに、虹色の光のラインが浮かびあがっていた。

「あれ、きれいだな」

史季は、ふとそんなことを言った。彼がそんなふうに、何かをほめるのはめずらしかった。

「そう？　ありがちなイルミネーションだよ」

冬の間だけのイベントだ。クリスマスをイメージして、公園の樅の木がＬＥＤで飾られている。ただそれだけのものに、人が集まる。

光は、神の御業《みわざ》なんだ、と父は言っていた。病気の父を病院に連れていった帰り、車で近くを通りかかったときだ。光をまとった、背の高い樅の木が見えていた。

「キラキラした光が見たきゃ、すぐそこにもあるのにさ」

稔はビルの下方を指さした。狭い路地に、スナックやキャバクラのネオンがあふれている。これを見ても父は、同じことを言っただろうか。

「あっちのは聖なる光で、こっちのは俗っぽさの極み。何が違うんだろうね。こっちのほうが楽しいし、ある意味天国に近いのに」

稔が言うと、史季は笑った。

「地獄《じごく》にも近いけどな」

「シキは、どっちに行きたい?」

少しだけ考えて、彼は軽い口調で答える。

「おれは、どっちにも行きたくないな。できれば、ずっと夜ならいい。汚いものがみんな見えなくなって、光だけが目に飛び込んでくる。スナックの看板もパチンコ屋のネオンも、おれなんかには、お日さまよりずっとやさしい。夜の光だけあびていたい」

「じゃあ、行ってみる? あれも夜の光だからさ」

稔は問う。史季となら、あの光もまた違って見えるのではないかと思いながら。

史季は、行くとも行かないとも答えなかった。

稔は、彼の返事を待つのはやめて、独り言のつもりでつぶやいた。

「光の道が、もっと長かったらいいのに」

「あれは、短いからまぶしいんだ」

結局、イルミネーションの公園に、ふたりで行く機会はなかった。その後間もなく、稔は史季と離れることになったのだ。

何年も前の、ちょっとした会話に出ただけの場所だ。なのに、史季が千景を呼び出した場所が、あの公園だと知り、驚いた。千景に危害を加えるつもりか、あるいは脅し、自分が悪者になることで、稔に疑惑の目を向けさせないようにするつもりだろうと想像していたが、それならもっと、適した場所はいくらでもある。稔には彼が、自分を呼んでいるように思えた。

天国にも地獄にも行きたくない。どうすればいいんだともがいているような気がした。あの人混みに千景を呼び出したのだから、史季はたぶん、千景の姿をどこかで見ていたはずだ。千景は椅子を見つけたと言った。椅子をさがしている彼女を見かけたのか、やめさせるために、脅そうと思ったのだ。

でももう、罪は暴かれつつある。きっと隠し通せない。

だから稔は、すべてを打ち明けた。史季にもそうしてほしいと思う。彼が望んだのが夜の光なら、そこにとどめたい。日の光がまぶしすぎるとしても、過《あやま》ちを悔い、静かに生きていくことはできるはずだ。

稔は、傷の痛みをこらえ、座卓の上に新しいスケッチブックを開く。みくのために買った色鉛筆を手に取り、思いのままに手を動かす。

もう、呪われた絵を描かなくていいと千景は言った。稔はこれまで、懺悔の気持ちを絵にぶつけてきた。後悔することばかりだったから、せめて絵の中でみくといっしょにいたかった。女であり母であることに胸を張れる、もうひとりの稔を描きながら、そんな自分は存在しないというねじれも感じていた。

けれど今は、絵を描きながら別の思いが稔を包んでいる。もうひとりの自分は、存在しないのではない、自分で認められなかっただけだ。史季に恋をし、みくを産んだ。もし父がいたら、それを罰《ばつ》だと言うだろうと、もういない父の呪縛《じゅばく》を自分にかけていた。でも、心の底から稔は、一度も後悔していない。自分が女であることも、短くても、みくを抱いていた日々も。

＊＊＊

稔が警察に自首したと聞かされた日、千景は彼女の絵を、チャリティー絵画展のギャラリーに飾った。

ハガキくらいの、小さな絵だったが、不思議とやさしくて、踊るような色のリズムを眺めているうちに、心の濁《にご》りを溶かされてしまいそうだと、そんなふうに千景は感じた。
はっきりした形はないが、色が舞う。いや、光だ。公園の木を彩っていたイルミネーションに似ているようで、違うようでもある。瑠衣は、コンサートのペンライトだと言い、彰は飛行機から見下ろした都市の夜景だと言い、カゲロウは、パソコンの基板だと言った。透磨の意見は、街のネオンだ。

光を縫うように、道が通っている。千景にはそう見える。少しカーブした道の先は、画面の外へ向かう。外には何があるのだろう。

道の先は見えないけれど、きっと光が続いていると希望をいだける、そんな絵だ。

史季がギャラリーに現れたのは、初日のクリスマスイブ、閉館時間の直前だった。千景はちょうどバックヤードにいたので、会うことはなかったが、ギャラリーのスタッフによると、稔の絵に長いこと見入っていたらしい。そうして、千景に渡してほしいと、持参した絵を預けていった。

土橋の〝カラヴァッジョ〟だった。筒状に巻いたカンバスを受け取った千景は、建物の外へ出てみたが、彼の姿はもうなかった。

たぶん、警察が連れていったのだろう。ギャラリーへ史季が来るかもしれないと、警察が見張っていた。彼も、稔の絵を見に来ればつかまることはわかっていたはずだから、出頭するつもりで現れたのだ。もし史季がギャラリーへ来たなら、出ていくまでは声をかけないでほしいと、千景は京一《きょういち》を通じて頼んでいた。稔の絵は、彼の生き方を塗り替える一枚になるはずだから。

帰宅すると、此花家ではクリスマスディナーの準備ができている。サラダやマリネ、キッシュとオードブルが並び、メインのローストチキンがオーブンの中だ。そうしてどういうわけか、透磨と京一がテーブルセッティングを手伝っていた。

「阿刀《あとう》、グラスはそれじゃなくて、こっちのだ」

「これのほうがいっぱい入るだろ?」

「シャンパンをブランデーグラスで飲むのか?」

「グラスなんて飲めればいいんじゃないの?」

透磨は深いため息をつく。京一は、しぶしぶブランデーグラスを引っ込める。今度は飾り付けをしようとキャンドルを持ち出す。

「その赤いキャンドルはやめてくれ。テーブルクロスやプレートとのバランスを考えろよ。センスがないな」

と、またダメ出しされている。

「おばあさん、シャンパンを買ってきたけど、これでよかった?」

「ええ、それよ。千景ちゃん、ありがとう」

「千景さんにはジュースで」

透磨がすかさず口を出す。

「えー、わたしもシャンパンがいいな」

「ダメです」

「ダメだよ」

口をそろえた透磨と京一は、そこだけは気が合ったようだ。

「京兄さん、めずらしくクリスマスイブに仕事が早く終わったのね」

「ああ、ほら、家田《いえだ》史季が出頭して、西之宮が襲われた件は落着だからね」

「彼には余罪があるだろ」

「それは明日から、裏付けで忙しくなるだろうけど」

それから京一は、思い出したように付け加えた。

「駒川稔は、たぶん不起訴になるよ」

「本当なの？　彼女は自供してるのよね？」

「椅子に細工したって言ってるし、たしかに細工のあともあるんだけど」

椅子はもちろん、警察に提出した。それは稔の自供を裏付けるものになるのだろうと千景は思っていた。

「じつは、下村が落ちたときには壊れてなかったんだ。でも家田は、窓辺の椅子と下村が落ちたことがすぐに結びついて、駒川さんが何かしたと思ったんだそうだ」

それはかつて稔が、椅子から落ちるという想像を、史季に話したことがあったからだ。史季は、下村が稔の家を狙っていることを知り、疑問に思っただろう。稔がわざと、〝カラヴァッジョ〟の存在を知らせたのではないかと、考えたに違いない。

「それで史季は、椅子を捨てたのか」

「拾った人の証言で、壊れたのはその人が座ってみたときだったのは間違いなさそうだ。家田が直して捨てたというような痕跡もないし、拾ったときに壊れていると気づかなかったなら、下村はたぶん、椅子の上に乗っていないか、踏み台にしたものの、たまたま壊れなかったと考えられる」

つまり、下村に危害を加えるつもりが稔にはあったが、その企《くわだ》ては成功していなかった。稔自身は、下村が落ちたところを見ていないし、椅子も確認する前に史季が持ち出している。自分の細工で、椅子は壊れ、下村が落ちたと思い込んでいたのだろう。

「あと、家田史季が交差点でタクシーの運転手に目撃されたのは、強盗事件の逃走時ではなくて、駒川稔のところへ行ったときだったんだ。交差点を、駒川家へ向かって走ってたとわかった。駒川家の近所で、男の叫び声が聞こえた直後だ。下村が彼女のところへ押し入る計画だってことを知って、駆けつけたと本人も言っている。彼は事件のとき、現場にはいなかった」

「だったら、下村はどうして窓から落ちたの？」

京一は悩んだ様子で腕組みする。

「それはもう、単なる事故だったとしか。絵は実際、窓上の棚にあったようだけれど、椅子じゃなくて窓枠にのぼった可能性も……。いずれにしろ、たまたま足を滑らせて、落ちたんだろうってことしかわからない」

盗みに入った家で、たまたま命を落とすなんて、天罰にでもあったみたいだ。神は、稔を救ったのだろうか。

「さあさ、堅苦しい話はそのくらいにして。ローストチキンが焼けたわ。ディナーを始めましょう」

鈴子《すずこ》の声に、千景は頭の中を切り替える。稔がこのことを、自分を許すきっかけにできればいいと思いながら、テーブルにつく。

此花家の異人館で、クリスマスを過ごすのは、千景にとって十年ぶりだ。あのころからずっと、パーティもケーキも、プレゼントもすべてクリスマスを祝うものだとして、千景は受け入れていたけれど、どうしてもお祝いの空気には浸れなかった。

けれど今年は、何かが違う。何度も食べている鈴子のローストチキンが、いつになくつやつやして見える。こんがり焼けた皮にナイフが入ると、肉汁とともに詰めたハーブライスがこぼれる。見ているだけで、ワクワクする。

食後のクリスマスケーキが、イチゴのデコレーションケーキで、19と数字をかたどったキャンドルが立てられていても、不思議と違和感はなくて、くすぐったい気分だった。

しばらくすると、彰がやってきた。どこかのパーティを抜け出してまで訪ねてきたのは、どうしても鈴子の料理とケーキが食べたかったからだという。

くるみ割り人形の公演が終わったという瑠衣も現れて、急ににぎやかになる。相変わらずカゲロウはいないが、久しぶりに家族と過ごすというのは聞いていた。

ふと、透磨がいないことに気づき、千景はダイニングルームを抜け出す。統治郎のアトリエに向かうと、やはり明かりが灯《とも》っていた。

史季が持参した〝カラヴァッジョ〟は、アトリエに置いてある。透磨は床の上にその絵を広げ、座り込んでじっと見ていた。

アトリエは少し冷える。千景は抱えてきた毛布を後ろから透磨に掛ける。

振り返った彼は、驚いたというよりは、夢から覚めたような顔をしていた。

「その絵、勝手に見ないでよ。図像術があるかもしれないんだから」

つい、かわいげのない言い方をしてしまう。それでも彼は、毛布を撫《な》でて小さく笑った。

「僕には効きませんよ。それに、本物の図像術の絵だったなら、あなただって不用心にここへ置いておかないでしょう?」

彼の言うように、その絵を持ち帰った千景はまず、ひとりで見て確かめていた。

「でも、魂を奪われた?」

さっきの透磨は、絵に見入っていて、千景がアトリエへ入ってきたのに気づいていなかった。

「これは、本当に下手な絵ですね。なのに、女の顔は……、母親の顔です」

あらためて、千景は透磨の隣に座り、絵を覗き込む。透磨の言うことはよくわからなかったが、カラヴァッジョに似せようとしても、一歩も近づいていないことは確かだった。模写にもなっていない。『法悦のマグダラのマリア』をもとに、赤子を抱いているような構図にしているが、デッサンはあやしく、筆遣いにも未熟さが露呈している。

聖母か、マグダラのマリアか、それとももっと別の女なのか、彼女はカラヴァッジョの絵と同様に天を仰いでいるが、心は神よりも、胸に抱いた幼子にあるように見える。両腕から指先の力強い表現に、幼子を抱く母親の生命力が感じられる。

「これはたぶん、土橋さんが描いたのね」

カラヴァッジョがいた時代の、追随者《ついずい》の作品でもないし、そもそもカンバスのつくりも絵の具の状態も、一目で真新しいとわかる。

「僕も、そんな気がします」

以前に見た、土橋の抽象的な絵とは画風が違うが、彼が自己流で油彩画を始めたのは、この絵を描くためだったのではないだろうか。

ナポリで一目見たときから、心に焼き付いて、追い求めていた絵との再会がかなわなかった土橋は、自分でカンバスに描き写そうとした。

記憶を頼りに描こうとしつつも、自分がそのときに感じた、新たなイメージも盛り込んでいったのだろう。そうしてそれは、彼の生涯《しょうがい》に寄り添う絵になった。

〝カラヴァッジョ〟を持っていると周囲に言いながらも、本物でないことはわかっていたから、売って資金を得ることなどできるはずもなく、しかし彼にとってはけっして手放せない絵でもあったから、呪われた絵だとうそをつき、誰にも見せず、本当のことも言わなかった。

いや、土橋にとっては、本当に呪われた絵だったのだろう。

自分をとらえて離さなかった。結局そのうそが、妻や息子を遠ざけた。そもそも、イタリアで見た絵を見境なく求めたことも、呪いのようだったかもしれない。

土橋は、母親への思慕と罪悪感を募らせた結果、新たな家族をも失ってしまうという、自分で自分を呪うような、埋めようのない後悔から抜け出せなかった。

「この絵は、透磨のお母さんに似てるの？」

母親の顔だと彼は言ったけれど、それは亡き実母のことなのか、透磨の言葉がよくわからなくて、千景は問う。

「似てないです。でも、記憶にある母の、顔ではなくて空気というか、母がいるときの気分を思い出す絵なんです」

土橋にとっての、遠い母の記憶は、うっすらと淡く輪郭《りんかく》がぼやけていくほどに、母親という核みたいなものだけになって、誰かの母とも似ていくのだろうか。

「わたしには、よくわからないわ。母のことは、あの事件があるまで嫌いとかって感情もなかったけど、今も、そういう人がいたなって思うだけ。たぶん、親戚のおばさんってくらい」

だからか、父に対するような強い嫌悪感もない。

「小さいころは、母がどこかで入れ替わっていて、この人は本当の母じゃなくなったんだろうって気がしてた」

「そういうのは、子供の成長過程にはよくある空想だそうですよ」

「わたし、そのときから、精神の成長が止まってるのかしら」

実の両親がいなくなるという空想は、空想である限り、親との関係を結び直し、心を育てるものなのかもしれないけれど、空想が現実になった千景にとって、母親というものはもう消滅しているのだ。父親とは違い、心の傷として刻まれなかったのが幸か不幸か、憎むこともなければ断ち切る必要もない存在になった。

「不思議ね、この絵はちっとも上手じゃないのに、駒川さんの心を打ったのね」

定まらない表情や輪郭、アンバランスな構図を見ていると、胸がざわざわする。そのざわめきは、見る人の内にあるものだ。土橋の絵は、鑑賞者の影を投影するかのようだ。

「駒川さんの絵も同じです。だからあなたは、アウトサイダー・アートに興味を感じているんでしょう?」

稔の絵も、史季を変える力があった。それは、彼らの間に共鳴するイメージがあったからこそ伝わったのだろうけれど、それだけでなく、無関係な他人にも、言葉を投げかける絵なのは間違いない。

「ねえ透磨、下村は、やっぱり絵に呪われたのかもしれないわね。土橋さんの後悔がこもっていたなら、この絵は、駒川さんのことも史季のことも、助けようとしたのよ」

「そうだとしたら、本物の呪いですよ」

「駒川さんは、そう思ったんじゃない？　椅子に細工をして、下村が乗ったときに壊れたとしても、必ず窓の外に落ちるとは限らないわけだし、そこは運を天に任せたのよ」

千景は想像する。下村に不運を招き、史季に味方をしたのはこの絵だと、稔はそう信じることにしたのだと。

棚の上の絵を手に取った下村は、それを見て、自分の罪深さを自覚し、死の淵へ踏み出した。稔はきっと、その空想の中に自分の神を見つけたのだろう。

父親が信じたものとは違う神を。

「誰かが何かを表現して、誰かがそれに心を動かされる。不思議だけど、日常にあふれていることよね。その素晴らしさを高めたものが芸術なら、鋭い切れ味を持つまで研《と》ぎ澄《す》ましたようなものが、図像術なのかしら」

本来なら人をつなぐはずのものが、凶器になってしまった。

共有するイメージや、価値観が似通っているほど、図像術は効果を持つかもしれない。だから、数百年前のヨーロッパに広がった。

けれど、人の心を動かすものは、一握りの、美術を学んだ人だけのものではない。

「絵は、作者の意図を離れて、ただそれだけで輝き始めるのね。そうして誰かの心に光を放って、焼き付いて、新たな芸術になるのかしら」

「それが、博士論文のテーマですか?」

千景の話を、透磨ほどきちんと理解してくれる人はいない。昔からそうだった。千景の突飛な感覚で、何かを伝えようとしても笑われることが多かったが、透磨は聞いてくれるだけでなく、理解してくれていた。

今も、やさしい目をして、千景の小さな羽ばたきを、ただ見守る。

「透磨は、どう思ってる?」

「あなたが決めることですから」

透磨の返事はいつも同じだ。けれど、関係ないからと突き放しているわけではないのは、千景はとっくにわかっている。子供のころから、透磨はそうやって寄り添ってくれていた。でも、今の千景には少しだけ物足りない。

透磨のせいじゃない。たぶん千景自身が、どんな自分になりたいのか決められず、ゆらいでいるからだろう。だから彼も、踏み込んではこない。

「迷ったの。このまま日本にいたいような気がして」

子供みたいに、床の上で膝《ひざ》を抱え込む。自分を守るために、無意識にそうしてしまう千景の頭に、ふわりと毛布がかぶせられる。透磨とふたり、ひとつの毛布をかぶって話をするなんて、やっぱり子供みたいだけれど、千景はほっとしている。

「おじいさんが亡くなって、おばあさんのそばにいなきゃと思って帰国して。でも、本当は、ここで、ちゃんと自分のことを知りたかったのかもしれない」

誘拐事件のあと、逃げるようにイギリスへ渡ったが、いつかは過去と向き合わなければならなかったのだ。透磨を忘れたままでいたくないと、千景自身、深い意識の底で感じていたはずだ。

「自分を知ることはできましたか？」

記憶が戻っても、すべてが理解できたわけじゃない。千景自身も、昔のままではない。世界が広がって、むしろ知らないことが増えた。透磨のことも、何でもわかるつもりでいたのに、わからないことだらけだ。

「まだ、これからよ。それに、ここでは失いたくないものをたくさん得たわ。だから、離れたくないって気持ちもあったの」

迷っていた、けれど。

「イギリスへ行くんですね」

透磨は、千景がそう決めると、とっくにわかっていたのだろう。

「ここで得たものは、失われたりしませんよ」

いつの間にか彼の肩にもたれかかっていた。お互いの体温を感じているからか、あのころみたいに子供っぽいことを口にしてしまう。

「透磨は……、寂しくない？」

「寂しくないですね」

十年も、千景はイギリスにいたのだ。彼にとっては、千景がいてもいなくても、そう違いはないのだろう。

「あなたが僕のことをおぼえているんですから、以前とは違う。いつでも会えるでしょう？」

会える、のだ。今度の渡英は、日本を忘れるために行くわけじゃない。もっと自由に、行き来できるはずだ。

あたたかくて、安心できる場所は、いつでもここにあると、信じられるのだから。

「今度はもう、忘れないでくださいよ。僕はいつでも、あなたの理解者でいるつもりですから」

透磨と毛布と、どちらも心地よくて、千景は目を閉じた。

クリスマスの朝は、目が覚めるのでさえ楽しみだ。真っ先に確かめるのは、枕元に置いてあるはずの、サンタクロースからのクリスマスプレゼント。その日だけは寒さも気にならずに、さっとベッドから起き上がる。

千景には、そんな記憶はあるのだろうか。眠ってしまった千景を、部屋へ運んだ透磨は、その寝顔を見下ろしながら考える。

両親との関係から、誕生日に楽しい思い出のない千景は、クリスマスも苦手だった。鈴子と統治郎と過ごしたときでさえ、はしゃぐことはなかったという。

その日をよろこんではいけないような、そんな先入観に支配されていたのだろう。だから統治郎も、無理に誕生日を盛り上げようとはせず、ただご馳走《ちそう》とケーキを用意して食べ、いっしょに本を読んだり音楽を聴いたり、千景をひとりにしないように過ごしていたという。

けれど、今年のクリスマスを、千景は心から楽しんでいるようだった。チャリティー絵画展にも積極的に取り組んでいた。〝カラヴァッジョ〟の件もあって、人が絵を描くことの激しい感情にも巻き込まれて、疲れていたのだろうけれど、充実したようなおだやかな顔で眠っている。

頬《ほお》にかかる髪をそっとよけると、長いまつげが繊細な影を落としている。いつからこんなにきれいになったのだろうと不思議に思いながらも、透磨は目が離せない。

千景が急に大人びたわけではなく、透磨が彼女を、子供だと思い込むのをやめたのだ。自分の変化に戸惑いながら、やわらかな唇に触れたいような衝動に抗《あらが》っていると、かすかにその唇が開く。

「……サンタ……さん……？」

平和な寝言に、透磨は笑みを漏らす。

サンタさんは来ない、と千景は子供のころにいつも言っていた。いい子じゃないから来ないんだと。けれど今は、サンタクロースが来た夢を見ているのだろうか。

上着の内ポケットから、透磨はリボンのついた小箱を取り出し、それを千景の枕元に置く。

「誕生日、おめでとう」

中身は、タンザナイトのペンダントだ。千景と訪れたジュエリーショップで、オーナーに相談しつつ、彼女に似合いそうなものを選んだ。少し明るめの藍《あい》色は、若い華やぎも感じられる。誇り高く透き通った夜の色は、真理を見つめる千景の瞳に似ているだろうか。

「来年は、保護者でいるのはやめますからね」

ささやいて、透磨は千景の部屋をあとにした。

※この作品はフィクションです。実在の人物・団体・事件などにはいっさい関係ありません。

集英社オレンジ文庫をお買い上げいただき、ありがとうございます。
ご意見・ご感想をお待ちしております。

● あて先
〒101-8050　東京都千代田区一ツ橋2-5-10
集英社オレンジ文庫編集部 気付
谷　瑞恵先生

異人館画廊

星灯る夜をきみに捧ぐ

集英社
オレンジ文庫

2022年6月22日　第1刷発行

著　者　谷　瑞恵
発行者　北畠輝幸
発行所　株式会社集英社
〒101-8050東京都千代田区一ツ橋2-5-10
電話【編集部】03-3230-6352
【読者係】03-3230-6080
【販売部】03-3230-6393（書店専用）
印刷所　凸版印刷株式会社

ISBN 978-4-08-680450-9 C0193